プリーモ・レーヴィ全詩集

プリーモ・レーヴィ全詩集

予　期　せ　ぬ　時　に

Primo Levi　AD ORA INCERTA

竹 山 博 英 ＝ 訳

岩 波 書 店

Questo libro è stato tradotto grazie ad un contributo alla traduzione assegnato dal
Ministero degli Affari Esteri e della Cooperazione Internazionale italiano.
本書はイタリア外務・国際協力省の翻訳出版助成金を得て翻訳・出版された.

装丁　鈴木成一デザイン室
装画　椛田ちひろ「Dark Ocean」(撮影：長塚秀人)

目次

予期せぬ時に

クレシェンツァーゴ　6
ブナ　9
歌　11
一九四四年二月二五日　13
鳥の歌　14
聞《シェマー》け　16
起床　18
月曜日　20
また別の月曜日　22
R・M・リルケより　24
東方ユダヤ人　25
フォッソリの落日　26
一九四六年二月一一日　27
氷河　29
魔女　30
アヴィリアーナ　32
待機　34
墓碑銘　35
鳥の歌（II）　37
百人の男たち　39
アドルフ・アイヒマンへ　41
最後の顕現　43
上陸　45
リリス　46

始原に　48
チーニャ街　50
黒い星　52
いとまごい　53
プリニウス　55
ポンペイの少女　57
ワイナ・カパック　59
セッティモのカモメ　61
受胎告知　63
谷底へ　65
木の心　67
初めての世界地図　69
一九八〇年七月一二日　72
黒い群れ　74
自叙伝　76
声　78

未決書類　80
パルティージャ　82
アラクネー　84
二〇〇〇年　86
過越の祭　87
退役船　90
老いたモグラ　92
ある橋　94
作品　96
ネズミ　98
夜衛《ナハトヴァッヘ》　100
リュウゼツラン　102
真珠貝　104
カタツムリ　106
ある仕事　108
逃亡　110

生き残り 112
象 114
星界の報告 117
おれたちにくれ 119
チェス 121
敬虔 123
チェス(II) 125

その他の詩集

ムーサに 128
ガルヴァーニ家 130
十種競技者 132
ほこり 135
ある谷 137
備忘録 140
懸案の責務 144
無益に死んだ死者たちの歌 146
雪解け 148
サムソン 151
デリラ 153
空港 155
裁きの場で 158
泥棒 161
友人たちに 163
代理委任 165
八月 167
ハエ 169
ヒトコブラクダ 171
暦 173
マリオとヌートに 175

翻訳詩集

サー・パトリック・スペンス　178
（私は夢で変に格好をつけた小男を見た……）　185
（モミの木がただ一本……）　186
（彼女が激しい愛を誓ってくれた……）　187
（夜は静かで、路地は眠り込んでいる……）　188
（親愛なる友よ、君は恋の罠に落ちた……）　189
（我らの世界はあまりにもばらばらだ……）　190
ドンニャ・クララ　191
浜辺の夜　197
反　歌　202

原　注　209
訳者解説　213

予期せぬ時に

まだ文字がない社会も含めて、すべての文明社会では、著名なものや無名なものなど、多くの人が詩で自分を表現する必要を感じ、その必要に従った。そして詩的素材を分泌したが、それは自分に宛てられていたり、隣人や、宇宙にも向けられていたりした。そして力強かったり、力がなかったり、長く読まれたり、束の間の命しか持たなかったりした。詩とは確実に散文より先に生まれたものだ。詩を書いたことがないものなどいるだろうか？

私もそうした人間だ。私も時々、「予期せぬ時に」、その衝動に屈した。どうもそれは私たちの遺伝的遺産に刻み込まれているようだ。ある時には、考えやイメージを伝えるのに、散文よりも詩のほうが適していると思えた。その理由を明確に言うことはできないし、そうできないのを案じたこともない。詩の理論はよく知らないし、他の詩人の詩を多くは読んでいないし、芸術の神聖性は信じていないし、これらの自分の詩がすぐれているとも思わない。読者になってくれた方に確かに言えるのは、まれな機会に(平均して一年で一回くらい)、ある個別の刺激が自然にある種の形を取ったということだ。ただし私の中の半分理性的な部分は、それを不自然だと感じ続けているのだが。

一九八四年　　P・L

ルチーアに

クレシェンツァーゴ

きみはたぶん考えたこともないだろう、
だが太陽はクレシェンツァーゴでも顔を出すのだ。
顔を出して確かめる、草原や、
森や、丘や、湖があるかを。
そしてもし見つからないなら、しかめ面をして
霧を吸い出す、ひび割れた運河から。

風は山から全速力で下りてきて、
無限の平原を自由に駆け抜ける。
だがこの煙突をはるかに見ると
すぐに向きを変えて、遠くに逃げ出す。
煙が真っ黒で、毒をはらんでいるから
息が詰まってしまう、と恐れるのだ。

老婆らは腰を下ろして時間をつぶす
雨降りの時は、雨粒を数えて。
子供たちの顔は、道を覆う
色あせたほこりと同じ色をしている。
女たちの歌声は響くことなく、
ただ市電がたゆまず、かすれたきしむ音を立てる。

クレシェンツァーゴには窓が一つあり、
中では娘が一人、色を失っていく。
右手にはいつも針と糸を持ち、
繕い、縫っては、時間を確かめる。
退出の時間の汽笛が鳴ると
ため息をついて涙を流すが、これが娘の人生だ。

明け方にサイレンが鳴ると
男たちは髪をくしゃくしゃにしたままベッドから這い出す。

口をいっぱいにしたまま、道路に降りてくるが、
目は隈で黒ずみ、耳は耳鳴りで聞こえない。
自転車のタイヤに空気を入れると
吸いかけのたばこに火を付ける。

朝から晩まで、あえぎながら
黒くいかめしいロードローラーを動かす。
さもなくば計器板の震える針を
一日中監視する。
だが土曜日の夜には愛を交わす
保線夫の家の脇の溝の中で。

クレシェンツァーゴ、一九四三年二月

ブナ

傷ついた足に呪われたぬかるみ、
灰色の朝に長く伸びる隊列。
ブナは千の煙突から煙を吐き、
毎日が同じ一日が、今日も私たちを待つ。
夜明けの空にサイレンが恐ろしげに鳴り響く。
「おまえたち、顔が消えた無数の群れ、
泥が支配する単調な恐ろしさの上に
また新たな苦しみの一日が明けるのだ」

疲れた仲間よ、君の心が見える、
苦しむ仲間よ、君の目が読み取れる。
胸の中には寒さと飢えと虚無しかない
心の中では最後の価値も壊れた。

灰色の仲間よ、君は強い男だった、
脇を歩く女も一人いた。
もう名前もない空虚な仲間よ、
もう涙も出ない見捨てられた男よ、
何もかも奪われて苦痛すら感じず、
疲れ切っていて恐怖もおぼえない、
かつては強かった、死んだ男。
太陽が光り輝くあちらの甘美な土地で、
もしまた顔を合わせたら
いったいどんな顔が見えるのだろうか？

一九四五年一二月二八日

歌

……だがそれから、私たちの
たわいもない、良き歌を歌い始めると、
あらゆるものごとが、
かつてそうだったようによみがえった。

一日は一日以外の何ものでもなく、
七日間を合わせると一週間になった。
人を殺すのは悪しきことに思え、
死は彼方に遠のいた。

月日はむしろ早く過ぎるが、
目の前にはたくさんの日々が控えている。
私たちはまた普通の若者になった、

もう殉教者でも、卑劣漢でも、聖人でもなかった。

このことやまた別のことが頭に浮かんだ、
歌を歌い続ける間に。
だがそれはまるで雲のようで、
分かるように語るのは難しい。

一九四六年一月三日

一九四四年二月二五日

何かもっと先のことを信じたいと思う、
きみを壊した死の向こう側のことを。
あの力のことをまた口にできればと願う、
すでに溺れたものになっていたぼくたちが
それによって、また一緒になり、
太陽の光の下で自由に歩けるように
乞い願ったあの力を。

一九四六年一月九日

鳥の歌

「おれはひどく遠いところから来た、
悪い知らせを運ぶために。
おれは山を越え、
低い雲を突き抜け、
沼に腹を映した。
おれは休みなく飛んだ、
百マイルも休息なしに、
おまえの窓辺を見つけるために、
おまえの耳を探すために、
おまえに不吉な便りを届けるために、
それは眠りの喜びを奪い、
パンやぶどう酒を腐らせ、
毎晩おまえの心に巣くう」

こうして鳥は窓の外の雪の上で
踊りながら、汚らわしい歌を歌った。
そして口をつぐむと、意地悪そうに見つめて
くちばしで土の上に十字架を描き、
黒い翼を大きく広げた。

一九四六年一月九日

聞け《シェマー》

暖かな家で
何ごともなく生きているきみたちよ
夕方、家に帰れば
熱い食事と家族や友人の顔が見られるきみたちよ

　これが人間か、考えてほしい
泥にまみれて働き
平安を知らず
パンのかけらを争い
他人がうなずくだけで死に追いやられるものが、
これが女か、考えてほしい
髪は刈られ、名はなく
思い出す力も失せ

目は虚ろ、体の芯は
　冬の蛙のように冷えきっているものが。

考えてほしい、こうした事実があったことを。
これは命令だ。
心に刻んでいてほしい
家にいても、外に出ていても
目覚めていても、寝ていても。
そして子供たちに話してやってほしい。
さもなくば、家は壊れ
病が体を麻痺させ
子供たちは顔をそむけるだろう。

一九四六年一月一〇日

起床

私たちは、残忍な夜に夢を見た、
魂と、体と、全身全霊で、
濃密で荒々しい夢を。
家に帰り、食事をして、起きた出来事を語っている。
朝の命令が、
　　あの「フスターヴァチ」が、
短く、静かに響くまで。
すると胸の中で心が砕ける。

いま家を探し出し、
腹は満たされ、
起きた出来事を語り終えた。
すると時が来る。またすぐに聞くことだろう

外国語の命令を、
あの「フスターヴァチ」を。

一九四六年一月一一日

月曜日

汽車より悲しいものはあるだろうか？
決められた時刻に出発し、
発する声は一つしかなく、
走る道も一つしかない。
汽車より悲しいものはない。

それとも荷車引きの馬だろうか。
ながえの間に挟まれ
脇を見ることさえできない。
生きることはただ歩くことだ。

それでは人間は？　人間は悲しくないのか？
もし長い間孤独に生き

時の円環はもう閉じていると信じているなら
人間も悲しい存在だ。

一九四六年一月一七日

また別の月曜日

「だれが地獄に堕ちるか告げよう。
アメリカ人のジャーナリスト、
数学の先生、
上院議員と聖具室番人。
計理士と薬剤師
(全員ではないにしても、大部分が)。
猫と銀行家、
会社の社長、
必要もないのに
朝早く起きるもの。

それに反して、天国に行くものは
漁師と兵士、

もちろん子供たち、
馬と恋人たち。
料理人と鉄道員、
ロシア人と発明家。
ぶどう酒の味きき。
曲芸師と靴磨き、
朝、マフラーのかげであくびをしながら
始発の市電に乗るもの」

かくのごとくミノスは恐ろしげに吠えたてた
ポルタ・ヌオーヴァ駅のメガホンで、
それを経験しなければ理解できないような
月曜日の朝の不安な時に。

アヴィリアーナ、一九四六年一月二八日

R・M・リルケより

主よ、時は来た。ぶどう酒はもう発酵している。
家を持つ時が来た、
あるいは長い間家を持たずにいる時が。
もうひとりぼっちではない時が来た。
あるいは長い間一人でいる時が。
本を読んで時を費やそう、
あるいは遠方に手紙を書くことで、
孤独のうちに、長い手紙を。
そして街路をあちこちさまよおう、
落ち葉の降る中、不安を抱えて。

一九四六年一月二九日

東方ユダヤ人

この大地の我らが父よ、
多彩な才能に恵まれた商人よ、
狂ったオデュッセウスが畝に塩をまいたように
神が世界中にばらまいた
多くの子孫を持つ、鋭敏な賢人よ。
私はいたるところであなたたちを見つけた、
海の砂のように大勢見つけた、
うなじを誇り高く伸ばした人々よ、
貧しく粘り強い人間の種よ。

一九四六年二月七日

フォッソリの落日

戻らないとはどういうことか、私は知っている。
鉄条網の向こうに
太陽が沈んで死ぬのを、私は見た。
古き詩人の言葉で
私は自分の肉が引き裂かれるのを感じた。
「太陽は沈んでもまた昇ることができる。
だが私たちは、短い光が消えたなら、
終わりのない夜を眠らなければならない」

一九四六年二月七日

一九四六年二月一一日

きみを星の中に探し求めた
子供の頃、星に問いかけた時に。
きみを山に求めた
だがまれにしかもたらされなかった
孤独と束の間の平安は。
きみがいなかったので、長い夜
ぼくは意味のない冒瀆の言葉に思いをめぐらした、
この世界は神の過ちであり、
ぼくはその世界の中の過ちであると。
そして死を目の前にして
全身の神経を張り詰めて、否と叫んだ時、
ぼくはまだ何も成し遂げていない、
まだやり続けなければならない、と叫んだ時、

それはきみがぼくの前にいたからだ、
今日そうなったように、きみがかたわらにいて
太陽の下に男と女として一緒になったからだ。
きみがいたから、ぼくは帰ってきたのだ。

一九四六年二月一一日

氷河

私たちは足を止め、視線を投げ下ろした
もだえ苦しむ緑の大口に、
そして胸に宿る活力が抜け落ちてしまった、
希望が消え失せる時のように。
その中には悲しい力が眠っている。
そして夜に、月が輝くしじまの中で、
まれにだが、きしんでうなり声を上げる。
それは石のベッドに横たわる
動きの鈍い、夢想家の巨人が、
寝返りを打とうとあらがうが、そうできないためだ。

アヴィリアーナ、一九四六年三月一五日

魔　女

寝台覆いの下で、長い間ゆっくりと
胸にロウを抱きしめた
温かく軟らかになるまで。
そして起き上がり、やさしくていねいに、
愛を込めた辛抱強い手つきで
生き生きとした彫像をこね上げた
心に秘めた男のものを。
それが終わると、火の上に
樫やぶどうやオリーブの葉をくべ、
彫像を投げ入れ、溶けるに任せた。

苦痛で死ぬような気がした
魔法が効果を現したからだ、

そしてただその時だけ涙を流すことができた。

アヴィリアーナ、一九四六年三月二三日

アヴィリアーナ

なんてだめな奴だ、満月をむだにするなんて、
一月に一回しかやってこないのに。
なんて残念なんだ、この村で
このばかげた満月を見るなんて、
静かに穏やかに輝いているのに
まるできみがぼくのかたわらにいるかのように。

……それにナイチンゲールまでいるではないか、
一時代前の書物の中のように。
でもぼくはそれを飛び立たせた、
溝の向こうの、遠くの方に。
鳥は歌うのに、ぼくはひとりぼっちだ、
本当にしゃくにさわることだ。

蛍は飛ぶにまかせた
(小道にあふれんばかりに、たくさんいた)。
それはきみに名前が似ているからではなく、
とてもかわいらしく穏やかな生き物で、
悩み事をみな霧散させるからだ。
そしていつかぼくたちが別れても、
そしていつかぼくたちが結婚しても、
六月にまたこの日が来て、
あたりに蛍が満ちあふれるように願う
きみがここにいない、今晩のように。

一九四六年六月二八日

待機

これは雷鳴が轟かない稲妻の時、
これは理解不可能な声が響く時、
不安な眠りと無益な夜明かしの時だ。
伴侶のきみよ、あの日々を忘れるな
長く安易な沈黙と、
一見友好的な夜の道と、
瞑想におぼれた穏やかな日々を、
木々の葉が落ちる前に、
空が閉ざされる前に、
私たちの戸口の前で
よく知っている、鉄鋲の足音の響きが
また再び私たちを起こす前に。

一九四九年一月二日

墓碑銘

丘を過ぎゆくものよ、大勢の中の一人よ、
もはや人が通わないとはいえないこの雪の上に印をつけるものよ、
どうか聞いてくれ。少しだけその歩みを止めてくれ、
仲間たちが涙も流さずに、おれを埋めたこの場所に。
夏が巡り来るたびに、おれを養分にして、
野原の穏やかな草が、ほかのところよりも、緑の色濃く密に生い茂るこの場所に。
さほど遠くない時からここに横たわっている、パルチザンのミッカだったこのおれは、
軽くはない罪で仲間に殺された、
影がおれを捕らえた時は、さほど歳も行っていなかったのに。

通りゆく人よ、あんたにも別の人にもおれは求めはしない、許しも、
祈りも涙も、特別の思い出も。
だが一つだけ求めたい。このおれの平安が続くことを、

おれのもとで永遠に暑さと寒さが交代でやって来ることを、
新しい血が土くれをしみ通り、
その不吉な温かさでおれのところまで入り込んできて、
今では石となっているこの骨を、また新たな苦痛で目覚めさせないことを。

一九五二年一〇月六日

鳥の歌（II）

「おまえの日々がどれだけ残っているのか？　数えてやったぞ。
それはわずかで短く、毎日が苦悩に満ちている。
それは心の中にいかなる防壁も築けない
避けがたい夜の不安が訪れる日々。
やって来る夜明けを恐れる日々、
おまえを待ち受けるおれを待つ日々、
世界の果てまでおまえを追いかける
（逃げてもまったく無駄だ！）おれの日々、
おまえの馬に乗り、
おまえの船の船橋を
おれの小さな黒い影で汚しながら、
おまえの座る食卓に座り、
おまえのあらゆる隠れ家には必ず訪れ、

おまえのすべての休息の仲間となるおれの日々だ。
それは告げられたことが成就するまで、
おまえの力が抜けるまで、
衝突ではなく、沈黙で
おまえがおしまいになるまで続く、
一一月に木々の葉が落ちるように、
時計が不意に歩みを止めるように」

一九五三年八月二一日

百人の男たち

武器で身を固めた百人の男たちがいた。
空に太陽が上がると、
全員が一歩前に進んだ。
時が音も立てずに進んだ。
彼らはまばたき一つしなかった。
そして鐘が鳴った時、
全員が一歩前に踏み出した。
こうして時が過ぎ、夕方になった。
だが空に最初の星が輝きだすと、
全員がいっせいに、一歩前に進んだ。
「下がれ、ここから出て行け、汚らわしい亡霊ども。
おまえたちのいにしえの夜に帰れ」
だがそれに答えるどころか、

全員が輪になって、また一歩前に進んだ。

一九五九年三月一日

アドルフ・アイヒマンへ

我らの平原を風が自由に駆けていく、
浜辺では海が永遠に生命の鼓動を繰り返している。
人は大地をはらませ、大地は花と果実を実らせる。
人は労苦と喜びに生き、待ち望み、恐れ、甘き子供たちを産む。

……そしておまえがやってきた、我らの得難き敵よ、
見捨てられた生き物よ、死に囲まれた人間よ。
いま我らの集まりを前にして、何か言えるか？
神にかけて誓えるか？　だがいかなる神か？
おまえは朗らかに笑いながら墓に飛び込めるのか？
あるいは悔やむのか、勤勉な男が最後に悔やむように、
人生は短く、芸術はあまりにも長いと嘆くその男が
成し遂げられなかった不吉な仕事を悔やむように、

まだ生きている一三〇〇万人を殺せなかったことを悔やむように。

おお、死の息子よ、我らはおまえの死など願いはしない。
おまえは誰にも出来なかったほど長生きすればいい。
五〇〇万の夜を眠れずに過ごせばいい、
そしておのおのの苦しみが、毎晩おまえに訪れればいい、
帰還の道を奪う扉が閉ざされ、
あたりが暗闇になり、大気が死で満ちるのを見たものたちの苦しみが。

一九六〇年七月二〇日

最後の顕現

おまえたちの土地が一番近しかった、私の心には。
だからおまえたちに知らせを送った、次々に。
私はおまえたちの間に降りた、異なった奇妙な姿で、
だがおまえたちはそのいずれにも、私を認められなかった。

私は夜中に扉をたたいた、逃亡中の青ざめたユダヤ人として、
はだしで、ぼろぼろで、野獣のように追われていた。
おまえたちは警官を呼び、スパイだと指さし、
心の中でつぶやいた。「かくあるべし。神がそう望まれた」

おまえたちのもとに狂った老女としてやってきた、
体は震え、のどは声にならない叫びで満ちていた。
おまえたちは血と未来の種族について語り、

扉から出たのは私の遺灰だけだった。
ポーランドの平原の孤児の少年として
私は足下に横たわり、パンを乞い求めた。
だがおまえたちは私の将来の復讐を恐れ、
目をそむけて、私を死ぬままにした。

そして私は囚人として、とらわれの奴隷としてやってきたが、
おまえたちは市場に売りに出し、鞭を持ちだした。
おまえたちはぼろをまとった青白い奴隷に背を向けたが、
いま私は裁きの主としてやってくる。この私を見分けられるだろうか？

（ヴェルナー・フォン・ベルゲングリューン作、連作詩「怒りの日」より）

一九六〇年一一月二〇日

上陸

港にたどり着いた男は幸せだ、
海と嵐はもう背後にあり、
その夢はすでに潰えたか、まだ芽生えていない。
そしてブレーメンの居酒屋に座り、酒を飲む、
暖炉のそばにいて、心は平安に満ちている。
消えてしまった火のように幸せだ、
河口に堆積する砂のように幸せだ、
それは重荷を下ろし、額の汗を拭いて、
道の端で休んでいるからだ。
男は何も恐れず、期待もせず、待ち受けもしない、
ただ沈みゆく夕日に目をこらしている。

一九六四年九月一〇日

リリス

リリスは我らが第二の親族、
神の手で創造された、アダムに使ったのと
同じ粘土を用いて。
リリスは下層流の中に住んでいるが、
新月になると姿を現し
雪の夜の間中、不安げに飛び回る、
空と大地の間をふらふらと。
宙返りをしたり、輪を描いて飛び、
生まれたばかりの赤ん坊が眠っている窓辺の
窓ガラスを不意にたたく。
そして赤ん坊を探し、殺そうとする。
だからそのベッドの上に
三つの言葉を刻んだメダルをぶら下げるのだ。

だが彼女のすべてはむなしい。そのあらゆるのぞみも。
原罪の後にアダムの伴侶になったが、
彼女からは生まれなかった
肉体も平安もない幽霊しか。
偉大なる書物には書かれている
腰の上までは美しい女だと。
だが下半身は燐火と青白い光なのだ。

一九六五年五月二五日

始原に

一年が長い人間の兄弟たちよ、
百年が尊重されるべき到達点であり、
日々のパンのために骨を折って働き、
疲れ、いらだち、幻想を抱き、病に倒れ、敗れるものたちよ。
聞いてくれ、これは卑小さを笑い、慰める言葉でもあってほしいのだ。
いまから二百億年ほど前のことだ、
空間と時間の中で宙づりになって輝き渡る
炎の球体があった、ただ一つ、永遠の存在で、
我らの共通の父であり、死刑執行人でもあったが、
それが爆発して、すべての変化がここから始まった。
この逆向きの大破局には
彼方の外縁に、まだかすかな反響が残っている。
そのただ一つの激痛からすべてが生まれた。

我らを取り巻き挑んでくる深淵も、
我らを生み出し押し流す時間も、
おのおのが考えたすべてのことも、
我らが愛したあらゆる女の目も、
幾千、幾万の太陽も、そして
いま書いていているこの手も。

一九七〇年八月一三日

チーニャ街

この町にはこれほどぼろぼろの道はない。
いつも夜で霧がかかっている。歩道の上の影は
ヘッドライトの光を通してしまう
まるで無がしみこんでいるようで、
無の塊だが、それも私たちの同類なのだ。
たぶんもう太陽は存在しない。
おそらくいつも暗闇なのだ。だが
別の夜には昴《すばる》が笑っていた。
たぶんこれが私たちを待っている永遠だ。
それは造物主の懐ではなく、クラッチだ、
ブレーキ、クラッチ、そしてファーストを入れる。
おそらく永遠とは信号だ。
たぶん一晩の内で

命を使い切った方が良かったのだ、雄蜂のように。

一九七三年二月二日

黒い星

もはやだれも愛や戦争を歌ってはならない。
宇宙《コスモス》の名の由来である「秩序」は崩壊した。
天空の軍団は怪物のもつれ合いだ。
宇宙が私たちを取り囲んでいる、奇妙な相貌を見せて、盲目的に、荒々しく。
晴天の空には、恐怖をかき立てる死んだ太陽が無数に散りばめられている、
砕かれた原子の濃密な堆積だ。
それからは絶望の重苦しさしか放射されない、
それはエネルギーでも、メッセージでも、微粒子でも、光でもない。
光自身もその重さにつぶされて、逆戻りする、
私たち人類の種は無のために生き、無のために死ぬ、
そして空は永遠にむなしくよじれる。

一九七四年一一月三〇日

いとまごい

いとしい人たちよ、もう遅くなってしまった。
パンやぶどう酒はもうたくさんだ
ただ幾時間かの沈黙と、
漁師のペトロの話と、
この湖の麝香の香りの風と、
燃やしたつる茎の昔からのにおいと、
おしゃべり好きのカモメの鳴き声と、
瓦に生えたコケの無償の輝きと、
ただ一人で眠るためのベッドがほしい。
そのお礼に、このようなばかげた《ネビック》詩を残そう、
五、六人の読者のためだけに作られたものだ。
そして旅立つのだ、おのおのが自分の心配事を追いかけて、

というのも、前に言ったように、もう遅くなったからだ。

アングイッラーラ、一九七四年一二月二八日

プリニウス

引き留めないでくれ、友よ、出帆させてくれ。
遠くに行くわけではない。ただ向こう岸に渡るだけだ。
あの暗い色の雲を近くで観察したいだけだ
ヴェスヴィオ山の上で発生し、松の形をしているあの雲を、
そしてこの奇妙な明るさがどこから来ているのか見つけたいのだ。
ついて来たくはないのか、甥よ。よろしい、残って研究するがいい。
昨日残したノートを書き写しておいておくれ。
灰を恐れる必要はない。灰に灰がかぶさっても、
我々自身が灰なのだから、エピクロスを思い出せ。
早くしろ、船を用意しろ、もう夜になっている、
真昼の夜だ、見たこともない奇跡だ、
恐れるな、妹よ、私は慎重だし、経験もある、
私の背中をたわめた年月はむだに過ぎたわけではない。

もちろんすぐ帰る、ただ時間をくれ
湾を渡り、あの現象を観察し、帰る時間を、
明日自分の本に、新たな一章を書き加えられるように、
その本がまだ生きながらえて欲しいから、
この老いぼれた体の原子が、何世紀もの間、
宇宙の渦の中でばらばらになって駆け巡る時にも
さもなくば鷲や娘や花になってまた再生する時にも。
水夫たちよ、さあ言うことを聞いておくれ、船を海に押し出すのだ。

一九七八年五月二三日

ポンペイの少女

人の苦しみはみな自分のものだから
まだまざまざと体験できる、おまえの苦しみを、やせこけた娘よ、
おまえは激しく震えながら母親にしがみついている
またその胎内に入り込みたいかのように
真昼に空が真っ暗になった時のことだ。
それはむだだった、空気が毒に変わり
おまえを探して、閉め切った窓を通り抜けてきたからだ
頑丈な壁で囲まれたおまえの静かな家に
おまえのはにかんだほほえみと歌声で、幸せにあふれていたその家に。
長い年月がたち、火山灰は石となり
おまえの愛らしい手足は永遠に閉じ込められた。
こうしておまえはここにいる、ねじれた石膏の像になって、
終わりのない断末魔の苦しみとして、我らの誇るべき種子が

神々にはいささかの価値もないという、恐るべき証人になって。
だがおまえの遠い妹のものは何も残っていない
オランダの少女だ、壁の中に閉じ込められたが
それでも明日のない青春を書き残した。
彼女の無言の灰は風に散らされ、
その短い命はしわくちゃのノートに閉じ込められている。
ヒロシマの女学生のものは何もない、
千の太陽の光で壁に焼きつけられた影、
恐怖の祭壇に捧げられた犠牲者。
地上の有力者たちよ、新たな毒の主人たちよ、
すべてを壊す雷の、ひそかな、よこしまな管理人たちよ、
天からの災いだけでもうたくさんだ。
指を押す前に、立ち止まって考えるがいい。

一九七八年一一月二〇日

ワイナ・カパック

ワイナ・カパックはインカ皇帝で、フランシスコ・ピサロが初めてトゥンベスに上陸した直後の、一五二七年に死んだ。語り伝えられるところによると、彼の使者はスペイン人の船で食事をした、そしてワイナ・カパックは死の床にあって、スペイン人到来の知らせを聞いた、と言われている。

使者よ、おまえの年老いた皇帝に嘘をつくと、ひどい目に遭うぞ。
おまえの語るような船など存在しない、
わしの王宮よりも大きくて、嵐で進むなどとは。
おまえがうわごとのように語る竜などいはしない、
青銅の鎧を着て、銀の足をしていて、稲妻のように光るなどとは。
おまえの言うひげの戦士などいるわけがない。それは幽霊だ。
寝ている時か、さめている時、おまえの頭が作り出したのか、
さもなくば神がおまえを欺くため送り込んだのだ。
災いの時にはそうしたことがよく起きる
いにしえの確かさがその輪郭を失い、
美徳は否定され、信仰は色あせる。

赤いペストは彼らがもたらしたのではない。昔からあったのだ、
それは異例のことでも、不吉な前兆でもない。
もうおまえの言うことなど聞きたくない。下僕を集めて、発つがいい、
谷を下り、平野を駆け抜けろ。
争う腹違いの兄弟の間に笏を突き立てろ
わしの精力が産んだ息子たち、ワスカルとアタワルパだ。
王国を血で染める戦争をやめさせろ、
狡猾な外国人にそれを利用させないように。
黄金を求めたのか？　くれてやれ。百ソーマでも、千ソーマでも。
もし憎しみがこの太陽の帝国をばらばらにしたのなら、
黄金は彼らの元の世界に憎しみを注ぎ込むだろう、
侵略者たちが怪物を飼っているその場所に。
インカの黄金を与えてやれ。贈り物の中で一番うれしいものになるはずだ。

一九七八年一二月八日

セッティモのカモメ

川の湾曲からまた別の湾曲へ、何年もの月日をかけて、
空の支配者たちは川をさかのぼった
流れの激しい河口から、岸辺をたどって。
返し波や塩の味は忘却の彼方で、
忍耐のいる巧妙な狩りも、美味しい蟹も忘れた。
クレスピーノから、ポレセッラ、オスティリアへと、
老人よりも決断力のある新たな若者たちは
ルッツァーラを越え、生気のないヴィアダーナに向かい、
我々の卑しいゴミ置き場に食欲をつのらせ、
曲流から曲流へと、肥った身体で
カオルソの霧や
クレモーナとピアチェンツァの間の、ゆるやかな支流を探り、
高速道路の生暖かい息に翼を支えられ、

短い呼びかけの鳴き声を悲しげに響かせた。
そしてティチーノ川との合流点に翼を休め、
ヴァレンツァの橋の下に巣を営んだ、
タールの固まりとポリエチレンの切れ端が散乱する中で。
山の方に翼を駆り、カザーレやキヴァッソを越えた、
海から逃れ、我々の豊かさに引きつけられて。
そして今彼らはセッティモ・トリネーゼの上空を不安げに滑空している、
過去を忘れ去り、我々のゴミをあさって。

一九七九年四月九日

受胎告知

びっくりするではない、女よ、私の粗野な風体に。
私ははるか彼方からやって来た、まっしぐらに飛んで。
おそらくつむじ風が羽を乱したのだろう。
そう、私は天使だ、猛禽類ではない。
天使だが、おまえたちの絵の中のものとは違う、
かつて別の主の到来を告げに降りてきたもののことだ。
私はおまえに便りを持ってきた、だが待ってくれ、胸の息切れや、
無と暗闇への嫌悪感が静まるのを。
おまえの中に多くの夢を切り裂くものが眠っている、
まだ形はないが、すぐにその体をいつくしむことができるだろう。
巧みな言葉の力と誘惑者の目を持ち、
唾棄すべきことを説くが、みなが信じるだろう。
人々は群れをなしてつき従い、足跡に口づけし、

歌い、血をまき散らしながら、歓喜に震え、凶暴に振る舞うだろう。
はるか彼方の国境まで虚偽をもたらし、
冒瀆の言葉と絞首台で改宗させるだろう。
恐怖で支配し、泉の水や
高原の大気にも、毒を疑い、
赤子の澄んだ目にも策謀を見ることだろう。
虐殺に満足することなく死に、憎悪の種を残すだろう。
これがおまえの中で育つ胎児だ。喜ぶがいい、女よ。

一九七九年六月二二日

谷底へ

荷車の列があえぎながら谷底へ降りてゆく、
枯れ枝を焼く煙が、青く、苦くよどんでいる、
生き残りのミツバチがイヌサフランの蜜をむなしく探っている。
崖の土が水を含んでゆっくりと崩れ落ちる。
まるで天に召されるかのように、霧がすばやくカラマツの間を駆け上る。
生身の肉体の私は、重い足で、むなしくもそれに追いすがろうとするが
それはすぐに雨になって落ちてくるだろう。季節は終わり、
私たちの世界の半分は冬のほうに航路を向けている。
そしてすぐに私たちのすべての季節は終わってしまうだろう。
この良き手足はいつまで私の命令に従うだろうか？
もう生きるにも愛するにも、遅すぎる、
天空に分け入り、世界を理解するにも。
今は降りていく時だ

表情の消えた無言の顔を掲げて、谷底へ、
私たちの思いやりの陰に身を寄せるために。

一九七九年九月五日

木の心

私の家の隣人は頑丈だ。
ウンベルト王通りのマロニエの木だ。
私とほとんど同年齢だが、とてもそうは見えない。
雀やツグミに宿を貸し、恥じらいもせずに、
四月には芽吹き、葉を広げ、
五月には頼りなげな花を咲かせ、
九月には無害なとげのイガをつけ、
タンニンで一杯の、光沢のある栗の実を中で実らせる。
彼は詐欺師だが、悪意はない。信じさせたいのだ、
山に生えている優秀な兄の好敵手だと、
おいしい実と貴重なキノコをもたらす紳士の兄の。
だが住み心地がいいとはいえない。根を踏みつけるからだ、
市電の八番と一九番が、五分おきに。

そして耳がつんざかれるような思いを味わい、
ねじ曲がって成長する、まるでそこから出て行きたいかのように。
毎年、ゆっくりと効く毒を吸っている
メタンが充満した地の底から。
そしてイヌの小便を飲まされ、
コルク状の外皮のしわは
大通りの伝染病を引き起こすほこりでふさがれている。
樹皮の下には繭がぶら下がっているが、
死んでいて、決して蝶にはならない。
だが彼はそのゆったりとした木の心で
巡り来る季節を感じ、楽しんでいる。

一九八〇年五月一〇日

初めての世界地図

アビシニアは深淵の国、アイルランドは虹色に輝く怒りっぽい国、
スウェーデンは青い鋼鉄の国、
フィンランドはすべての荒野が行き詰まるところ、
ポーランドは青白い雪が積もる極の近くの国。
モンゴルは蒙古系の骨張った人たちの国、
コルシカは競走が盛んな島で、
海賊が住むリグーリアの、引っ込めた腹に人差し指を突き立てている。
アルゼンチンは銀色に光る無数の牛の首に
ぶら下げられた鈴が鳴り響く国、
ブラジルは熱帯の赤い炭火に焼かれていて、
虐げられているハンガリーはグヤーシュの黒い塊だ。
イタリアはかかとが異常に長いおかしな長靴で、
アンコーナはふくらはぎの真ん中にできた黒い膿瘍だ。

ボリビアは赤黒色で、切手の国、
ドイツは芽と若葉の濃い青色の国、
縁がほつれているギリシアは、雌牛のだらりと垂れた乳房で、
無数のバラ色の乳の飛沫で囲まれている。
ものに動じないイギリスは、機知に富んだ厳しい貴婦人で、
腰骨が外れ、黄褐色だが、羽根飾りの帽子を誇り高くかぶっている。
黒海は子猫を腹に抱える母猫で、アゾフ海がその子猫だ、
バルト海は祈りを捧げる人で、氷の上に膝をついている、
カスピ海は沼地の泥の上で踊る熊だ。
毒を盛られたトスカーナは逆さまの鍋で、
その取っ手は黒い半分の葉巻の中に挿入されている。
皮肉屋の中国は黄色い絹に斜めに印刷されていて、
くっきりした墨色の城壁に囲まれている。
パナマはしっかりと縒りがかかり、のり付けされた麦わら帽子で、
ウルグアイとパラグアイは双子のオウムだ、
アフリカと南アメリカは醜い槍の穂先で
宙にぶら下がり、誰も人がいない南極を威嚇している。

おまえの運命に記されているいかなる国も
このおまえが初めて見た時の世界地図の言葉を語りかけはしないだろう。

一九八〇年六月二八日

一九八〇年七月一二日

こらえてくれ、ぼくの疲れた女《ひと》よ、
こらえてくれ、この世界のことを、
ぼくを含めた、道を共にする仲間のことを、
きみに運命として降りかかった、その時から。
たくさんの年月がたったが、どうか受け取ってくれ、この可愛げのない詩句を、
きみのこの節目の誕生日のための。
こらえてくれ、ぼくのこらえ性のない女《ひと》よ、
きみは挽き臼でひかれ、水でふやかされ、皮を取り除かれた、
そしてきみ自身も毎日少しずつ自分の皮をむいている
だから裸の肉がよりひどいことになるのだ。
もうおのおのが一人で生きる時ではない。
どうか受け取ってほしい、この一四行の詩を、
これは、きみがいとしいという、ぼくなりのぶっきらぼうな言い方だ、

きみがいなければ、ぼくはこの世にいなかっただろう。

一九八〇年七月一二日

黒い群れ

これほどばかげた道を選ぶことなど、あり得るだろうか？
サン・マルティーノ通りにアリの巣がある
市電のレールから五〇センチほどのところに、
そしてまさにレールの上に
長くて黒い群れが列をほどき、
相手のアリと鼻面をこすり合わせて
おそらくその行き先や幸運のありかを探っている。
要するに、この風変わりで、勤勉で、執拗な
我らの愚かな姉妹は、
その町を我らの都市の中に掘り、
我らがレールの上に自らのレールを敷き、
そこを何の疑いも持つことなく、
疲れを知らずに、取るに足らぬ商売を追いかけて、

いささかも考えが及ばないのだ
　　私がこれについて書きたくないことを
この群れについて書きたくないことを、
いかなる黒い群れについても書きたくないことを。

一九八〇年八月一三日

自叙伝

「かつて私は少年であり少女であり、低木であり、鳥であり、海面から飛び出す無言の魚であった」（エンペドクレスの断片より）

私はこの世界のように年老いている、その私が語ろう。
始原の暗闇の中で
私は海の光のない溝に群れ集まった、
私自身も目に光はなかった。だがすでに光を求めていた
まだ海底の腐敗物の中に横たわっていた時に。
私は無数の小さな喉で塩を飲み込んだ、
私はぬるぬるする、すばやい魚だった。罠をかいくぐり
自分の子供たちに蟹が斜めに走る道を示した。
私は塔よりも高くなり、空を侵し、
足を踏みならす衝撃で山々を震わせ
暴力的な大きさで谷をふさいだ。
おまえたちの時代の岩々にはいまだに

私の無数の鱗の信じがたい刻印が残っている。
私は月に向かってヒキガエルの澄んだ歌を歌い、
私の執拗な飢えは木に穴を開けた。
性急で臆病な鹿になって
私は自分の力を楽しみ、今日では灰と化している森を走った。
そして歌に酔う蟬、ずるがしこく恐ろしいタランチュラ、
サラマンダー、サソリ、一角獣、エジプトコブラにもなった。
私は鞭と
暑さ、寒さ、くびきの絶望に苦しみ、
挽き臼につながれたロバの無言のめまいに耐えた。
私は踊りをためらう少女だった。
幾何学者として、私は円の秘密を研究し、
雲や風がたどる不確かな道筋を探った。
私は涙と笑いと多くの美女を知った。
だからあざ笑わないでほしい、アグリジェントの人々よ、
この老人の体に奇妙な印が刻まれていたとしても。

一九八〇年一一月一二日

声

ずっと昔からか、昨日からか、あるいは少し前からか、声のない声がする、
もし耳をすませば、その名残りの響きはまだ聞こえる。
もう話すことのできないしわがれた声、
話せるが、語りかけられない声、
語りかけていると信じている声、
語りかけるが、理解されない声。
意味のない伝達に、
無理やり意味を込める合唱やシンバル。
静寂は静寂ではないと
見せかける純然たるざわめき。
君たちに言《アヴー》っているんだ《パルル》、バカ騒ぎの仲間《コンパンドゥガル》たちよ、
私のように言葉に酔っているではないか、
剣の言葉、毒の言葉、

鍵の言葉、万能鍵の言葉、
塩の言葉、仮面、ネペンテスに。
私たちが行くところは静かか、
耳が聞こえないところだ。孤独なものと耳が聞こえないものの辺獄だ。
最後の道のりは耳が聞こえないまま駆けるのだ。
最後の道のりはただ一人で駆けるのだ。

一九八一年二月一〇日

未決書類

閣下、来月付けをもちまして
私の辞表を御受理ください、
そして必要なら、私の後任を御手配ください。
私は多くの仕事を完了せずに残します、
それは怠惰のためであり、客観的な困難さのためでもあります。
私はだれかに何かを言い残すべきでしたが、
もはやだれに何を言っていいのか分かりません。もう忘れました。
そして何かを、
賢明な言葉か、贈り物か、口づけを与えるべきでした。
それを日送りにのばしていたのです。申し訳ありません、
残されたわずかな時間のうちに何とかします。
私は重要な顧客をないがしろにしなかったか、心配しています。
私は訪問すべきでした、

遠くの町や、島や、不毛の土地を。
そうしたことは計画から削除すべきか、
後任の者の手にゆだねるべきでしょう。
私は木を植えるべきでしたが、そうしませんでした。
家を建てることも、
美しくはないでしょうが、企画に準じた家を。
特に私はある本を胸で温めていました、
素晴らしい本です、閣下、
多くの秘密を明かし、
苦しみや不安を和らげ、
疑いを晴らし、多くの人に
涙と笑いの恵みを送る本を。
その痕跡が、私の引き出しの底の
未決書類の中で見つかるでしょう。
それを果たす時間がなかったのです。残念です。
事物の本質にかかわる重要な作品であったかもしれないのに。

一九八一年四月一九日

パルティージャ

どこにいるのか、すべての谷のパルティージャよ、
ターザン、縮れ毛、ハイタカ、稲妻、ウリッセよ？
多くは堂々たる墓で眠っていて、
残っているものたちは髪が白くなり、
子供たちの子供に語っている、
遥か遠い確信の時代に、
いかにしてドイツ兵の包囲を破ったかを、
今ではリフトで上れるその場所で。
あるものは土地を売り買いし、
別のものは社会保険公社《インプス》の年金をかじるか、
地方の公社でしわだらけになり老いぼれている。
立つのだ、老いたるものたちよ、私たちに除隊はない。
また会おう。山に戻るのだ、

重い膝を持ち上げ、息を切らせ、ゆっくりと、
背筋に多くの冬を抱えながら。
山道の傾斜は厳しく、
寝床は硬く、パンも堅いだろう。
顔を見合わせても誰だか分からず、
お互いに信用できず、不満で一杯で、疑心暗鬼になる。
あの時のように、歩哨に立つ
夜明けに敵に襲われないように。
だがいかなる敵か？　みながみなの敵で、
みなが自らの境界で二つに裂かれ、
右手が左手の敵になっている。
立つのだ、老いたるものたちよ、自らの敵であるものたちよ。
私たちの戦争はまだ終わっていない。

一九八一年七月二三日

アラクネー

私はもう一つ別の網を織るわ、
ここはこらえどころね。私はとても辛抱強いけど、気は短くて、
足は八本、目は百あり、
乳房のような紡績突起は千もあり、
絶食は嫌いで、
ハエと雄が好き。
私は自分の巣穴に身を隠し、
四日も、七日も休むけど、
それはねばねばで、つやつやのきれいな糸で、
お腹がいっぱいと感じるまでで、
そうなったらまた別の網を織るわ、
通りすがりのあんたが裂いたのと同じものを、
私の記憶の、ごくわずかな長さの磁気テープに

刻まれた設計図通りに。
私は中心に位置取り、
疑心暗鬼でいながら、欲望に酔いしれている
雄がやってくるのを待つの、
私の胃袋と子宮を
同時に満たすために。
闇が降りるとすぐに、大急ぎで、
てきぱきと残忍に、結び目から結び目へと、
私はまた別の網を織る。

一九八一年一〇月二九日

二〇〇〇年

一〇〇〇足す一〇〇〇。それは一つの到達点で、
さほど遠くない指標の、毛糸の白い糸、
あるいは黒か赤かもしれない。だれがそれを知ろうか？
それを知るのは不吉なことだ。バビロニアの数字を
問いただそうと試みる権利など、だれにもないからだ。

一九八二年一月一一日

過越の祭

言ってほしい、いったい何が違っているのか
今晩とほかの晩とでは。
言ってほしい、どんな違いがあるのか
この過越の祭と別の過越の祭とでは。
明かりをつけ、扉を開け放て
巡礼のものたちが中に入れるように、
異教徒でも、ユダヤ人でも。
ぼろ切れの下には預言者が隠れているかもしれないからだ。
中に入って、私たちと座るがいい、
話を聞き、飲んで、歌い、過越の祭を祝うがいい。
苦しみのパンと、
子羊と、甘い粘土と苦い草を食べるがいい。
今夜は違いのある晩だ、

食卓に肘をついてもかまわない
禁じられたことが決まりになるからだ
悪が善に転換されるように。
語り合って夜を過ごそう
驚きでいっぱいの遠い出来事を、
そしてたくさんのぶどう酒で
山々は雄山羊のように角をぶつけ合うだろう。
今夜は問いかけを投げ合う晩だ
賢人、無信心者、純真な者、幼児が、
そして時間はその流れを反転させ、
今日は昨日という日に流れ入る、
河口に堤をめぐらした川のように。
私たちのおのおのはエジプトで奴隷だった、
わらや粘土に汗をしみこませ
足をぬらさずに海を渡った、
きみもそうだ、異国の人よ。
今年は恐れと恥辱に身を置いたが、

来るべき年は正義と美徳にあふれてほしい。

一九八二年四月九日

退役船

たくさんの新しい船に混じって、古い船底の船がただ一つ
物憂げに揺れている、石油の虹色の膜が広がる
ねっとりとした、船だまりの水の上で。
その木は病に冒されたかのようにぼろぼろで、鉄は錆で黄褐色に変わっている。
外板はこもった音を立てて岸壁にぶつかっているが、外側に大きく張り出していて、
虚無をはらんでふくれている腹のようだ。
吃水の下には、柔らかな海草と、フナクイムシがドリルで
ゆっくり開けた穴と、しつこいフジツボが見える。
炎熱の甲板には、石灰化した
カモメの糞の白いシミと、
陽光で黒くひからびたタールと、何の役にも立たないペンキと、
何か人糞のような黒っぽいシミと、
塩を吹いた蜘蛛の巣がある。蜘蛛が

退役船にも巣くっているなど、思いもしなかった。
どんな獲物を待っているのか分からないが、自分の仕事は心得ているはずだ。
舵はかすかにきしみ、ひそかな水の流れの
気まぐれに、のろのろと従っている。
世界を知り尽くした船の艫《とも》には
名前と標語があったはずだが、もはや読むことはできない。
だが船をつなぐもやい綱は新しく、
黄色と赤のナイロン製で、ぴんと張り、光り輝いている、
それは頭の狂った老船が
また沖を目指す妄想に駆られないようにするためだ。

一九八二年六月二七日

老いたモグラ

変なことなど何もない。わしは空が嫌いだったから、
一人、暗闇で生きるのを選んだだけだ。
わしの手は掘るにはおあつらえ向きで、
鉤形で、くぼんでいるが、丈夫で、感覚は鋭い。
わしは眠らずにあたりをさすらうが、
平原の下で、気づかれることもない、
そこには暑さも寒さもなく、
風や雨や、昼や夜や、雪もなく、
目はもう役に立たない。
土を掘って、見つける、汁気の多い根っこや、
塊茎、濡れて湿った木、キノコの菌糸を、
そして岩が行く手をさえぎるなら、
それを迂回する、一苦労だが、急ぐこともない、

なぜならわしにはいつも行く先が分かっているからだ。
ミミズや幼虫やサラマンダーを見つける、
ある時はトリュフが、
別の時にはまむしが見つかるが、みなごちそうだ、
そしてだれが隠したのか分からない宝物も。
昔は雌を追いかけたものだ、
土を掻く音が聞こえると、
そちらに向かって突進するのだ。
だがもうそうしたこともない。今は自分から道を変えてしまう。
しかし新月の日には憑き物が憑く、
するとわしは時々楽しむのだ、
土中から不意に飛び出し、犬を驚かせて。

一九八二年九月二二日

ある橋

これは他の橋とは違う、
何世紀も積雪に耐え、
水を飲み、牧草を食みに行く羊の群れや、
ほかの場所に行くお祭り騒ぎの人々を通す橋とは。
これはまったく違った橋だ、
もしおまえが橋を半分歩いて立ち止まり、
下までの高さを測って、明日生きることに意味があるか
自問するなら、それを喜ぶのだ。
それは耳をふさいで生きていて、
心に平安はない、
それはたぶんその支柱のくぼみから
語り得ない昔の魔法が
毒としてゆっくりしみ出しているからだ。

さもなくば、徹夜の夜に語られるように、
ある邪悪な取り決めの産物であるからだ。
だからここでは水の流れが
橋脚を穏やかに映し出すのは見られない、
見えるのはただ波と、風にあおられた寄せ波と、渦巻きだけだ。
それゆえそれは自分自身をやすりにかけて砂にし、
石材をせめぎ合わせてきしませ、
両岸を強く、強く、強く圧迫し、
大地の外皮を割ってしまうのだ。

一九八二年一一月二五日

作品

さて、これで終わった。もう手を付けるところはない。
手の中で何とペンが重いことか！
少し前まではとても軽くて、
水銀のように生き生きと動いていた。
私はそれに付き従うだけでよかった、
それが手を導いたのだ、
目が見えないものを案内する目明きのように、
ダンスにいざなう貴婦人のように。
もう十分だ、仕事は終わった、
仕上がって、球のようになっている。
もし一語を取るなら
穴になって漿液がしみ出すだろう。
もし一語でも加えたら

醜いイボのように出っ張るだろう。
もし一語を差し替えたら
音楽会で吠える犬のように場違いになるだろう。
さて、どうしようか。どうやってこれと離れようか？
作品が一つ生まれるたびに、おまえは少し死ぬのだ。

一九八三年一月一五日

ネズミ

どこの穴からか分からないが、ネズミが一匹入ってきた。
普通そうであるように、こっそりとではなく、
横柄で大げさで傲慢だった。
ネズミはとても饒舌で、仰々しく、奇をてらっていた。
それは書棚のてっぺんに登ると
プルタルコス、ニーチェ、ダンテを引用して
私に説教をした。
時間をむだにしてはいけない、云々、
時は迫っている、
むだにした時間は戻らない、
時は金なり、
時間のある者は時機を待たない、
なぜなら人生は短く、芸術は長い、

翼と鎌を備えた馬車のようなものが
私の背中に迫っているのが感じられるからだ。
どこまで無礼なのか！　何とうぬぼれていることか！
本当にうんざりさせられた。
ネズミが本当に時間のことを分かっているのか？
私に時間を浪費させているのは彼ではないか、
その厚かましい小言で。
本当にネズミなのか？　仲間のネズミに説教をしに行け。
私はお引き取り願った。
時間が何か、私はよく知っている、
物理学の多くの方程式に組み込まれているし、
いくつかの場合は乗数にも、
あるいは負の累乗指数にも出てくる。
私なら、自分で何とかする、
他人の指図はいらない。
「愛情《プリマ》は《カリタス》自己愛《インキピト》から《アブ》始まる《エゴ》」

一九八三年一月一五日

夜衛《ナハトヴァッヘ》

「夜はどこまで更けたのか、夜衛よ？」

「私は聞いた、フクロウが
その未来を告げるこもった声で繰り返し鳴くのを、
コウモリが獲物を追って甲高い声で叫ぶのを、
水蛇が沼の濡れた葉の下で
体をすべらせる音を。
私は聞いた、礼拝堂の近くの安酒場で
ぶどう酒に酔った怒りっぽい声が
ろれつが回らずに、つっかえつっかえどなるのを。
私は聞いた、愛人たちのささやきを、
罪を許された欲望の笑い声とあえぎを。
思春期の若者たちは夢を見てつぶやき、

他の者たちは欲望で眠れずに寝返りを打つ。
私は見た、音のない遠雷を、
そして見た、正気を失い、
寝台と棺の見分けがつかない娘の
毎晩の恐怖を。
私は聞いた、死に抗議をする
ひとりぼっちの老人のしわがれたあえぎを、
分娩する妊婦の引き裂かれるような声を、
生まれたばかりの子供の泣き声を。
体を伸ばして眠るがいい、町の人よ、
すべてが定められたとおりだ。夜はまだ半分過ぎたところだ」

一九八三年八月一〇日

リュウゼツラン

私は美しくないし、役にも立たない、
花は気持ちのいい色ではないし、よい香りもない。
根はセメントをむしばむし、
葉には縁にとげがあり、
剣のように鋭くて、私を守っている。
私は言葉を発しない。植物の言葉だけしゃべるけれど
それはあなたのような人間には難しくて理解できない。
もはや使われない異国の言葉で、
それは私が遠くの
過酷な国から来たからだ、
火山と風と毒に満ちた国から。
私は長い間待った、
この丈の高い絶望の花を外に出すまで、

醜くて、堅くて、木のようだが、空に向かってそびえている。
これが私たちのやり方だ、明日死ぬ、
と叫ぶやり方だ。今ならもう分かるでしょう？

一九八三年九月一〇日

真珠貝

大きくてせっかちな温血動物のおまえよ、
その味以外に、この私の軟らかい体について
何を知っているのか？　それでも私は
涼しさと生暖かさを感じられるし、
水の中では清潔さと不潔さが分かる。
声のない内奥のリズムに従って
体を伸ばしたり縮めたり、
食べ物を味わったり、飢えにうめいたりするのだ、
おまえの体のように、すばやい動きの異国の者よ。
そして石のような殻の中に閉じ込められていても、
私がおまえのように、記憶も感覚も持ち、
岩礁にへばりついていても、空がどこにあるか分かっているならどうだろうか？
おまえには信じられないほど、私はおまえに似ている、

涙、精液、真珠層、真珠を
次から次へと分泌するよう強いられている。
もし石のかけらが私の外套膜を傷つけるなら、
無言で毎日、それに服を着せかけるのだ、おまえと同じように。

一九八三年九月三〇日

カタツムリ

なぜ急ぐのか、きちんと防御を固めているのに？
たぶんあるところがほかよりもいいからか、
草や湿り気をいつも確保するためか？
なぜ走るのか、なぜ冒険に向かうのか、
平安を得るには殻に閉じこもるだけでいいのに？
もし宇宙が敵なら
自分を静かに封印するすべを心得ている
純白の石灰の膜の背後に
世界を否定し、自らを世界に否認させて。
だが草原が露で濡れる時、
あるいは雨が地面を穏やかにならす時、
あらゆる道のりが幹線道路になって、
光り輝くきれいなよだれで舗装され

葉から葉へ、石から石へ橋が架けられる。
すると慎重に、確実に、こっそりと航跡を引いていく、
望遠鏡のような目で道を探り、
対数曲線のように優雅で、嫌悪感をかき立てる動きを見せながら。
そして雌雄同体の伴侶を見つけると
震えながら殻から体を伸ばし、
不安げに味わう
両性愛の人知れぬ魅力を。

一九八三年一二月七日

ある仕事

おまえは待つことしかできない、手にボールペンを構えて。
詩句があたりを舞っている、酔いしれた蛾のように。
その一つが火に引かれてやって来ると、おまえはそれを捕まえる。
もちろんそれで終わりではないし、一つでは足りない、
だがそれはすでに大きなことで、仕事が始まる。
ほかの蛾が競ってその近くに舞い降りる、
列をなしたり、輪になったり、秩序だっていたり、乱雑だったりするが、
単純で、物静かで、おまえの命令に応える。
主人はおまえだ、それはあらがえない。
もしその日がいい日なら、おまえはそれらをきちんと並べられる。
いい仕事じゃないか？　昔から名誉とされ、
六千年もの年月をへているのに、いつも新しくて、
きちんとした規則やゆるい規則に従うが、

おまえのお気に入りのように、規則がないものもある。
無為でなく、無駄でなく、いつも何か意味があって、
いいつきあいだと感じさせる、
トーガを着て軍用サンダルをはき、
亜麻布のマントを着て、月桂冠をいただくのだ。
ただ一つ、うぬぼれないように注意することが大切だ。

一九八四年一月二日

逃亡

岩と砂、水はない、
彼は足跡で砂に刺繡し、それが
地平線まで数限りなく続いていた。
彼は逃亡中だったが、だれもその跡を追わなかった。
挽《ひ》かれて色あせた小石、
風に削られ
交互に入れ替わる極寒に割られた石、
乾いた風、水はない。
彼に水はない、
ただ水だけを欲する彼に、
消し去るための水
残忍な夢としての水
世界を再構築することができない水。

光のない鉛色の太陽、
空と砂丘、水はない
蜃気楼が見せかけに作る皮肉な水
汗で排出される貴重な水
そしてはるか空高く、手の届かないところにある絹雲の水。
　　彼は井戸を見つけ、降りていき、
手を突っ込んだが、水は赤く色を変えた。
もうだれもその水を飲めなかった。

一九八四年一月一二日

生き残り

B・Vに

あの時から《シンス ゼン》、予期せぬ時に《アト アン アンサートゥン アワー》、
あの刑罰が戻ってくる、
そして話を聞いてくれるものが見つからないなら
心臓が焼け焦げる、胸の中で。
仲間の顔がまた見える
夜明けの光に照らされて、蒼白で
セメントの粉で灰色に染まり
霧の中で見分けもつかず
不安な夢でもう死の色に染めあげられている。
夜は顎を動かす
夢という重い石に押しつぶされて
ありもしない蕪をかみながら。
「下がれ、ここから立ち退け、溺れたものたちよ、

出て行け。私はだれの地位も奪わなかったし、
いかなるもののパンも横取りしなかった、
私の代わりに死んだものなどいない。だれ一人として。
だからおまえたちの霧の中に帰れ。
私が悪いわけではない、もし私が生きていて、呼吸をし、
食べ、飲み、眠り、服を着ているにしても」

一九八四年二月四日

象

掘り出すがいい。私の骨が見つかるだろう
馬鹿げたことに、雪でいっぱいのこの場所で。
私は重荷を負い、歩いて、疲れていた、
私には草とぬくもりが欠けていた。
雪崩で埋もれた、カルタゴの武器や貨幣が
見つかることだろう。馬鹿げたことに、馬鹿げたことだが！
私の話は馬鹿げているし、歴史自体が馬鹿げている。
カルタゴやローマが私と何の関係があるのだろうか？
今では、我々の誇りである、私の美しい象牙が、
高貴で、三日月のように湾曲していた象牙が
かけらになって、渓流の小石に混ざっている。
それは鎖帷子を貫くためではなく、

根を掘ったり、雌に気に入られるためのものだった。
我々は雌を争う時だけ戦うが
思慮あるやり方で、血を流すことはない。
私の話を知りたいか？　短い話だ。
ずるがしこいインド人が私をおびき寄せ、調教し、
エジプト人が足かせをはめ、売り飛ばし、
カルタゴ人が私の体を武器で覆い
背中に塔をくくりつけたのだ。
肉の塔であり、
無敵で、おとなしくて、恐ろしい私が、
馬鹿げたことに、この敵の山岳地帯に連れ込まれ、
見たこともなかったおまえたちの氷で足をすべらせたのだ。
我々は転んでしまうと助からない。
ある視力を失った無謀な武人が、長い間、
槍の穂先で私の心臓を探し求めた。
夕闇で鉛色に光る山々の頂に向かって
私は無益にも、いまわの際の咆吼を発した。

「馬鹿げている。どうしようもなく馬鹿げている」

一九八四年三月二三日

星界の報告

私は見た、双角の金星が
澄み渡った空に優雅な航跡を描くのを。
私は見た、月の山や谷を、
三つ子の土星を、
この私、ガリレオが、人類で初めて。
木星の周りを四つの星が回り、
銀河は新しい世界の
無数の軍団《レギオン》に分割されている。
だれも信じなかったが、私は見た、太陽の顔が
予兆のしみに汚されるのを。
この望遠鏡は自分の手で作り上げた、
学問を学んだが、機敏な手を持つ私が。
私がレンズを磨き、それを天空に向けた

臼砲で狙いをつける時のように。
天空に穴を開けたのはこの私だ
太陽が私の目を焼く前のことだが。
　太陽が私の目を焼く前に
私は言うように屈服させられた
自分の見たことを見ていないと。
私を地面に縛りつけたものは
雷も地震も解き放つことがなかったが、
穏やかで控えめな話し方をする
どこにでもいる顔の人だった。
毎晩私をついばむハゲタカは
どこにでもいる顔をしている。

一九八四年四月一一日

おれたちにくれ

おれたちにくれ、何か壊すものを、
花の冠、静かな片隅、
信頼できる仲間、検事、
電話ボックス、
新聞記者、背教者、
別のサッカーチームのサポーター、
街灯、マンホール、ベンチ。
おれたちにくれ、何か切りつけるものを、
しっくい塗りの壁、モナリザ、
泥よけ、墓石。
おれたちにくれ、何か犯すものを、
臆病な娘、
花壇、おれたち自身。

おれたちを軽蔑するな。おれたちは先触れで、預言者だ。
おれたちにくれ、焼き、傷つけ、切り、穴を開け、汚すものを、
おれたちが存在すると感じさせるものを。
おれたちにくれ、棍棒か拳銃を、
おれたちにくれ、注射器かオートバイを。
おれたちに同情してくれ。

一九八四年四月三〇日

チェス

いつもの私の敵、
あの憎らしい黒のクイーンだけが
私に匹敵する気力を備えていた
自分の役立たずの王を救うことにおいて。
もちろん役立たずで、戦争に向かないのは、私の王も同じだけれど。
自分の優秀なポーン部隊の背後に
初めからうずくまっていて、
それから盤上を逃げ出した
滑稽な仕草で、斜めに、おぼつかない足取りで。
戦いは王様向きのものではない。
でも私は違う！
私がいなかったらどうなった！
ルークやナイトはすごい、でも私だ！

力強くて、すばやくて、まっすぐにも斜めにも、
石弓のように遠くまではせ参じ、
敵の防御に穴を開けた。
彼らは頭を下げざるを得なかった
傲慢でペテン師の黒の軍団は。
勝利はぶどう酒のように私を酔わせる。

今すべては終わり、
閃きも憎しみも消えた。
大きな手が私たちをなぎ払い、
強者も弱者も、賢明なもの、向こう見ずなもの、慎重なものも、
白と黒は一緒くたになり、生気を失った。
それから石のこすれる音とともに
私たちは暗い木の箱に投げ入れられ
蓋が閉められた。
いつまた新たな戦いが始まるのか？

一九八四年五月九日

敬虔

敬虔な牛なんてとんでもない。強いられて敬虔、
意に反して敬虔、本性に反して敬虔、
牧歌のために敬虔、言葉のごまかしで敬虔なのだ。
おれに敬虔て言うなんて、いい度胸だな、
そしておれにソネットを捧げることも。
敬虔なのはあなたでしょう、先生、
ギリシア語とラテン語に堪能で、ノーベル賞受賞者で、
それよりましなものがないので、
花の咲く小枝で閉まった扉をたたき、
おれがくびきに屈している時、おれが満足していると考えるなんて。
おれが敬虔にされた時、あなたがいれば良かった、
詩を作る意欲も失せたろうし、
お昼にゆで肉を食べる気もなくなっただろう。

おれが見ないとでも思うのか、この牧地で、
おれのたけだけしい、直立した、十全な兄弟が、
ただ腰を一ひねりするだけで
姉妹の雌牛に種をまくのを。
何《オイ》てこった《ゲヴァルト》。前代未聞の暴力だ
おれを非暴力的にしてしまったこの暴力は。

一九八四年五月一八日

チェス(II)

……それでは、ゲームの途中で、
ゲームがほとんど終わった段階で、
ゲームの規則を見直したいのですか?
そんなこと認められないのはご存じでしょう。
脅威が迫ったから、キャスリングをするのですか?
それとも、私の理解するところでは、
初めに動かした手筋をやり直したいのですか?
やめて下さい、あなたも受け入れたではないですか、この規則を、
チェス盤の前に座った時に。
あなたが触ったら、それはもう駒が動かされたということです。
我々のは真剣なゲームで、認められません、
駆け引き、混ぜ返し、裏取引は。
動かしなさい、あなたの時は残り少ないです。

時計が時を刻む音が聞こえませんか？
それに、なぜ固執するのですか？
私の手を読むには
あなたのものとは違う叡知が必要です。
初めから知っていたではないですか
私のほうがずっと強いことを。

一九八四年六月二三日

その他の詩集

一九八二年九月—一九八七年一月

ムーサに

乱雑なムーサ、怠惰なムーサ
角笛のムーサ、風笛のムーサ、
百の角を持つムーサ、
頭も尾もないムーサ、
時代遅れのムーサ、
なぜこうもまれにしか訪ねてこないのか？
私がどんなになったか見てほしい、
酔って、壊れて、堕落している、
学識はあるが、そんなことはどうでもいい。
そしてこの下に、
考えが芽吹く場所に、
前にはなかったこぶを感じる、
青ずんでいて、無感覚になったこぶを。

詩句を入れるのは難しくて、
おがくずや柔らかなものしか入らない。
おまえが頑張ってくれなければ
この次に、おまえの詩人は
狂っているか、死んでいるか、野獣のようになっているだろう。

一九八二年九月五日

ガルヴァーニ家

私の主人は蛙が好きだ。
私を毎晩レーノ川に行かせるが、
それをジェージャに渡して、フライにさせるわけではない。
主人は自分の患者を治療もせずに
蛙をバルコニーの手すりにぶら下げ
皮をはぎ、釘でいたぶり、
どのように踊るか観察して一日を過ごし
ラテン語で手紙をいくつも書く。
いったい何を得ようとしているのか？
私はこうして毎晩あたりを回らなければならない、
ランプと、目の細かな網と、かごを持って。
だが言っておくが、これは新しい仕事ではない。
あの人も、スカンディアーノの人も、

そう、まさにあの人、スパッランツァーニ修道士もそうだ。
彼も蛙を捕まえるように私を送り出したが、
手すりにつるす代わりに
オスとメスを一緒にして
オスに小さなパンツをはかせ
まぐわいできないようにした。
それで敬虔なキリスト教徒などと言っているのだ！
ご主人たちはみな頭がおかしい。

一九八四年五月三日

十種競技者

これは本当のことだ、マラソンなど何でもない。
ハンマー投げも、砲丸投げも。どんな単独競技も
私たちの労苦とは比較できない。
そう、私は勝った、私は昨日よりも有名だ、
だがずっと年老いて、疲れ果てている。
私は四〇〇メートルをハイタカのように駆けた、
後ろに迫るものには容赦しなかった。
それはだれだったのか？　どこにでもいる並の競技者で、新人で、
以前には見たこともなかったもので、
第三世界の惨めなものだが、
並びかけてくるものは常に怪物だ。
だから思いっきり、腰骨をへし折ってやった。
彼の苦痛を楽しんだが、自分の苦痛は感じられなかった。

棒高跳びはさほど簡単ではなかったが、
幸運にも審判たちは
私の策略に気づかず
五メートルの跳躍を認めてくれた。
やり投げには秘訣がある。
空に向かって投げる必要はないのだ。
空は空虚だ、なぜそれを貫こうとするのか？
フィールドの奥に想像するだけでいい
死んでほしい男か女を
すると競技用の槍が本物の投げ槍になり
血のにおいをかぎつけて、ずっと遠くに飛ぶのだ。
一五〇〇メートルには言うことがない。
めまいと、がんこで絶望をかき立てる痙攣に襲われて、
目を回しながら走ったのだ、
発作を起こすような激しい心臓の鼓動に
恐れおののきながら。
競技には勝ったが、代償は大きかった。

そのあと、円盤は鉛のように重く
手からすっぽ抜けた、へとへとになった
古参競技者の、自分の汗でねばついて。
階段状の座席から、あなたたちは口笛を吹いてやじった、
とても良く聞こえたとも。
だが私たちに何がのぞみだ？
まだ何かを求めるのか？
飛び跳ねて空を飛ぶことか？
サンスクリット語で詩を書くことか？
円周率を最後まで計算することか？
悩む人を慰めることか？
慈愛の心で活動することか？

一九八四年九月四日

ほこり

どれだけのほこりが積もっているのか
ある人生を生きた神経組織の上に。
ほこりには重さはなく、音は出さず
色も目的もない。覆《おお》って、否定する、
汚して、隠し、麻痺させる。
殺しはしないが、消してしまう、
死んではいないが、眠っている。
それは未来に発現する害毒を孕んだ、
千年もの時を経た胞子に宿を貸している、
それは小さなさなぎで
分断、解体、堕落を待ち望んでいる。
それは曰く言いがたい、混乱した、罠そのもので、
未来に攻撃する準備をしており、

無言の合図が放たれると
無力が強い力に変わる。
だが別の芽にも宿を貸している、
理念に成長する眠った種子で、
そのおのおのに一つの世界がいっぱい詰まっている、
予想を超えた、新しくて、美しくて、奇妙な世界が。
だから尊重しつつ恐れるのだ
この灰色で形のない外套を。
善と悪、危難、
そして多くの書かれたことが内包されているのだから。

一九八四年九月二九日

ある谷

私だけが知っているある谷がある。
そこには簡単にたどり着けない、
入り口に絶壁があり、
灌木が生い茂り、隠された徒渉場があり、流れは急で、
道は見分けがたい踏み跡になっている。
多くの地図にはその場所が出ていない。
そこに続く道は私一人で見つけた。
何年も費やし、
よくあるように、何度も間違えたが、
むだな時間にはならなかった。
私の前にだれが来たのか分からない、
一人か、何人か、あるいはだれも来なかったのか。
この問いは重要ではない。

岩の表面にしるしがある、
そのいくつかは美しいが、みな謎に包まれている、
もちろん人の手によらないものもわずかにあるのだが。
下の方にはブナとカバが、
上の方にはモミとカラマツが生えているが、
数はとても少なくて、風にたたかれている
その風は春には花粉を吹き飛ばす、
めざといモルモットが目覚める頃に。
そのずっと上にはまだ七つの湖がある
汚れのない水をたたえていて、
澄み切り、暗くて、冷たくて、深い。
この高度では我が国の植物は生えないが
ほぼ峠近くに
活力にあふれた木が一本ある、
いつも緑で、生き生きとしているが
まだだれもその木に名を付けていない。
たぶん「創世記」で語られている木だ。

いつの季節にも花を咲かせ実を実らせる、
雪が積もって枝をたわめる時でも。
同じ種類の木はない。自家受精するのだ。
その幹には古い傷があり
そこから樹脂がしみ出す
甘く、苦くて、忘却をもたらす樹脂が。

一九八四年一〇月二九日

備忘録

今夜のような晩に、
北風が吹き、雪混じりの雨が降る晩に、
テレビを見ながらうたた寝をするものがいて
銀行を襲おうと決意するものがいる。

今夜のような晩に、
光が五日間かかるような遠いところで
上も下もない黒い胎内から
彗星が不意に現れ、頭上に落ちてくる。
それはジョットが描いたものと同じだ。
それは幸運も不幸ももたらさないが、
古い氷と、おそらくある答えを持ってくる。

今夜のような晩に
半分ぼけた老人がいて、
若い時は優秀なフライス盤工だったが、
時代はもう違っていて
今ではポルタ・ヌオーヴァ駅で寝ていて、酒を飲んでいる。

今夜のような晩に
ある女の隣で寝ている男がいるが
まるで体に重さがないようで、
彼の明日も重さがなく、
明日は重要ではなく、今日だけが重きをなし
時の流れは休止しているように思える。

今夜のような晩に、魔女たちが
ドクニンジンとヘレボルスを選んでいた、
それを月の光の下で引き抜き
台所で調理するために。

今夜のような晩に
マテオッティ通りに女装の同性愛者がいて
肺を一つか腎臓を一つ提供し
穴をうがって女になろうとしている。

今夜のような晩に
白衣を着た青年が七人いて
その四人はパイプを吸っている。
彼らはとても長い導管を設計し
光が走るのとほぼ同速度の
陽子の束をそこに向かわせようとしている。
もしそれに成功したら、世界は爆発するだろう。

今夜のような晩に
ある詩人が弓を引き絞って言葉を探す、
台風の力と

血と精液の秘密を閉じ込めているような言葉を。

一九八四年一一月二四日

懸案の責務

私は世界の邪魔になりたくない。
もし可能なら、喜んで、静かに
境界を越えたいと思う、
密輸業者の軽い足取りで、
あるいはパーティを抜け出す時のように。
喘鳴《ぜんめい》などなしに
肺の頑固なピストン運動を止め、
親愛なる心臓に、
うまくリズムを刻めない凡庸な音楽家に、こう言うのだ。
——もう二六億回も鼓動を打ったのだから、
きみは疲れているだろう、だからありがとう、もういいよ——
今言ったように、これが可能ならばだ。
残されたものがないなら、

不完全なまま残された作品や
(人生はすべて不完全だ)、
世界のひだや切り傷がなければ。
懸案の責務がないなら
以前に作った債務や
かつての特例が認められない義務がなければ。

一九八四年一二月一〇日

無益に死んだ死者たちの歌

座って契約をするがいい
心ゆくまで、年老いた白髪の狐たちよ。
見事な宮殿に閉じ込めよう
食べ物と、ぶどう酒と、柔らかいベッドと、暖かい火を用意して
我々やおまえたちの子供の命を
協議し、契約を結ぶなら。
創造されたもののあらゆる叡智が
おまえたちの頭脳を祝福するように集まり
迷宮の中でおまえたちを導くように。
だが外の寒さの中で我々がおまえたちを待っている、
無益に死んだ死者の軍団だ、
我々、マルヌやモンテカッシーノのものたち、
トレブリンカ、ドレスデン、ヒロシマのものたちだ。

そして我々とともにいるだろう
ハンセン病患者やトラコーマ患者、
ブエノス・アイレスの失踪者たち、
カンボジアの死者たち、エチオピアの瀕死のものたち、
プラハで駆け引きに使われたものたち、
カルカッタの貧血のものたち、
ボローニャで爆殺された無実のものたちが。
話がまとまらずに出てきたらひどい目に遭うぞ。
我々の抱擁で体が締め付けられるだろう。
我々はもう打ち負かされたから、打ち負かされることはない。
もう死んでいるから傷つけられない。
おまえたちのミサイルなど我々にはお笑いぐさだ。
座って契約をするがいい
おまえたちの舌が乾くまで。
もし損害や恥辱が続くなら
我々の腐敗物でおまえたちを溺れさせてやる。

一九八五年一月一四日

雪解け

雪がみな解けたら、
昔のあの小道を探しに行こう。
修道院の壁の後ろにある、
イバラに覆われかけた道だ。
みな昔の通りだろう。

両脇の茂ったエリカの中に
発育の悪いあの草を見つけるだろう
その名前をきみに言うことはできないが。
いつも金曜日には思い出すのに
いつも土曜日には頭から抜け落ちてしまう。
とても希少な植物で
憂鬱病に効くとのことだ。

道の縁に生えているシダは
まるで幼子のように柔らかだ。
地面からわずかに顔をのぞかせ
渦巻きのように巻いた形をしているが、
それでももう愛の準備はできている
私たちのものよりずっと複雑な、有性と無性が交代する、緑色の愛だ。

その胚芽は抑制にいらだっている
小さな雄も、小さな雌も
錆色の胞子囊の中で。
そして初めての雨ではじけて
初めての水のしずくの中に泳ぎ出す
熱望に駆られ、敏捷に。夫も妻も、万歳!

ぼくたちはもう冬に疲れた。酷寒の
嚙み跡がしるしを残している

肉体に、頭に、泥に、木に。
雪解けよ、やって来い、そして解かすのだ
前の年の雪の記憶を。

一九八五年二月二日

サムソン

不妊の母の息子
おれもまた受胎を告知された
すさまじい顔の神の使いから。
おれは太陽の子で、おれ自身が太陽だった。
おれは太陽の力を持っていた
おれの雄牛の腰に凝縮される形で。
おれは太陽で野獣で
何千という敵を殺し
扉を破り、鎖を断ち切り
女を突き破り、収穫物に火をつけた
それもペリシテ人の女デリラが
おれの髪の毛と活力を刈り取り
目の光を消してしまう前までだ。

闇とは戦うことができない。
髪の毛はまた生え
野獣の力も戻った。
だが生きる意欲は戻らない。

デリラ

ティムナのサムソン、反逆者、
山を断ち割るユダヤ人、
私のきゃしゃな手の中では
壺造りの粘土のように軟らかかった。
大いに褒めそやされた彼の力の
秘密をかすめ取るのは遊びだった。
私はこび、おだて、
彼を膝の上で眠らせた
私の内奥はまだ彼の異国の種でいっぱいだったが、
私は彼の目をつぶし、髪の毛を剃った
彼の腰の力を溶解させて。
私の怒りと情欲が
鎖につながれた彼をまた見た時ほど

大きな安らぎに包まれたことはなかった。
決して私が貫かれるのを感じた時ではなかった。
もう運命のままに導かれるがいい。私にはどうでもいい。

一九八五年四月五日

空港

出張に出かける人類の見本だった、
まるででたらめに選別されたかのようだった
異星人の買い手にゆだねるために。
金持ちや貧乏人、太っちょや痩せっぽち、
インド人、黒人、白人、病人、幼児。
人類は出張に出かけて何をするのか？
さほど重要なことはしない、
無駄話をし、眠り、ソファーでたばこを吹かす。
買い手は何と言うだろうか？　タイツをはいた
あの七〇歳くらいの婦人にいくら値段を付けるだろうか？
ブルックリン訛りで話しているあの八人には、
祖父母に母親、孫にひ孫だろうか？
あの太っちょの小家族には、

肘掛けの間にやっと体を押し込められるくらいの？
そして外国語の言葉に飽き飽きした私たち二人には？

出発だ。洞窟のような、巨大な鳥が
全員を、ごちゃ混ぜにして吸い込む。
私たちはアケロン川を渡る
伸縮式の導管を通って。
誘導路を移動し、加速し、力を蓄え、
地面を離れ、一瞬のうちに天に召される
体も心も。私たちの体と心だ。
私たちは被昇天にふさわしいのだろうか？

今は夕暮れの紫色の空を飛んでいる
名もなき海の氷の上を
あるいは雲の黒いマントの上を、
あたかもこの私たちの惑星が
恥ずかしさに顔を隠しているかのようだ。

今は鈍く振動しながら飛んでいる
まるでステュクスの沼地の底に
たくさんの杭を打ち込んでいるものがいるかのようだ。
あるいは空のレールを
なめらかに、快適に滑っていく。
夜は眠れないが、短い
これほど短かった夜はなかったかのように。
軽やかで陽気だ、初めての夜のように。

マルペンサ空港ではリーザが待っていた
機敏そうな明るい顔で。
むだな旅であったとは、私には思えない。

一九八五年五月二九日

裁きの場で

——おまえの名は？——アレックス・ツィンクです——どこで生まれた？
——ニュールンベルクです、令名高き、古き町です。
その名声にふさわしい町です、おお、正しき裁判官殿、
まず第一《エアステンス》に、この場には関係ありませんが、
ある法律がそこで定められたからです。
第二《ツヴァイテンス》に、議論の余地のある裁判が行われたためです。
第三《ドリッテンス》に、そこでは製造されているからです
世界で最も高品質のおもちゃが。
——どんな風に生きてきたか述べてみよ、
嘘はなしだ。この場では意味がないからな。
——私はよく働きました、正しき裁判官殿。
石の上にまた石を重ね、一マルク貯め、さらに一マルク貯めて、
模範的な製造会社を築きました。

最高品質のズック地と最高品質のフェルトです、
それがツィンク社の製品でした。
私は勤勉で思いやりあふれる経営者でした。
値段は適切で、給料は出し惜しみせず、
決して顧客と争わず、
そして特に、申し上げたように、
ヨーロッパで最高のフェルトを作っていました。
——高品質の羊毛を使っていたのか？
——並みの品質の羊毛ではありません、正しき裁判官殿、
編んであったり、ほどけていたりしていましたが、
私が独占していた羊毛です。
黒や栗色や、黄褐色や金色でした。
しばしば灰色や白の時もありました。
——どこの羊の群れのものなのか？
——知りません。興味がありませんでした。
現金で払って買っていましたし。
——正直に述べよ。おまえは心安らかに眠っていたのか？

——普段はそうです、正しき裁判官殿、
ただ時には夢の中で、
苦しむ幽霊がうめくのを聞きましたが。
——もう下に降りるがいい、織物業者よ。

一九八五年七月一九日

泥棒

彼らは夜にやってくる、霧の筋のように、
またしばしば昼間にもやってくる。
気づかないうちに、通り抜ける
すき間や、鍵穴を
音もなく。跡は残さない、
錠は壊されず、散らかった跡もない。
彼らが時間を盗む泥棒だ、
ヒルのようになめらかでねばねばしている。
おまえの時間を飲み込み、外にはき出す、
不潔なゴミを捨てるかのように。
その顔を見たことはない。いったい顔があるのか？
唇と舌は確かにある
そして先のとがった小さな歯も持っている。

痛くないように吸い取り、
ただ青あざのような傷痕を残してゆくのだ。

一九八五年一〇月一四日

友人たちに

親愛なる友人たちよ、ここでは
言葉の広い意味での友人のことだ。
妻、妹、朋輩、親戚、
学校の男女の学友、
一度だけ会った人
あるいは一生交際した人。
私たちの間に、少なくとも一瞬でも、
ある線が、明確な
一本の綱が、張られた限りにおいての人たち。

きみたちに言っている、苦労しながらも
密な歩みをする仲間よ、
そしてきみたちにもだ、魂と、

気力と、生きる意欲を失ったきみたち。
そうでなければだれにでもないか、だれかか、あるいはただ一人の人、
あるいは私の本を読んでくれるきみだ。時のことを思い出すのだ、
ロウが硬くなる前に
みながまだ溶けた封ロウであったような時のことを。
私たちのおのおのには、道すがら出会った
友人の刻印が残されている。
おのおのにおのおのの跡がある。
良きにせよ悪しきにせよ
賢明なのか狂っているのか
おのおのがおのおのに刻みつけられている。

もう事業は終わってしまい、
しばらく前から時がせき立ててきている、
きみたち全員に控えめのあいさつを送ろう
どうか秋が長くて穏やかであらんことを。

一九八五年一二月一六日

代理委任

仕事がたくさんあるからといって驚いてはいけない。
さほど疲れていないきみが必要なのだ。
きみは感覚が鋭くて、
足下で空洞がどのように響くか聞き分けられるからだ。
きみは私たちの誤りを根底から考え直してほしい。
私たちの中にはいたのだ
目かくしをした人が何度も輪郭をなぞるようにして
手探りで探し求めるものが、
そして海賊のように船を出すものが、
善意でものごとを試みるものがいたのだ。
まだ心の定まらないきみよ、助けてほしい。そして心が定まっていなくても、試みるのだ、
心が定まっていないからこそ、試みるのだ。さあ、
私たちが抱いた疑問や確信への

不快感や嫌悪感をきみが抑えられるか、確めてほしい。
私たちは今までにないほど豊かだったが、それでも
防腐処理された怪物たちの間で、醜悪なほど生き生きした
また別の怪物たちの間で生きている。
建物の残骸や
ゴミ捨て場の悪臭にびっくりしないでほしい。私たちは
それを素手でかたづけたのだ
まだきみたちと同じ年の頃に。
走りを維持するのだ、できる限り。私たちは
彗星の尾をくしけずり、
創造の秘密を解読し、
月の砂を踏み、
アウシュヴィッツを建設し、ヒロシマを破壊した。
いいかね、私たちは不活発なままだけではなかった。
引き受けるのだ、当惑しつつも。
私たちを先生と呼んではいけない。

一九八六年六月二四日

八月

八月に町に残っているのはだれだ？
貧乏人と頭のおかしい人、
忘れ去られた老女、
ポメラニアンを連れた年金生活者、
泥棒、何人かの紳士、そして猫。
人気のない道に
道をたたくかかとの密な音が響く。
ポリエチレンの買い物袋を持った女が
壁にできた影に沿って歩くのが見える。
小さな塔状の噴水の下は
緑の水草が生えた池で
底に中年のニンフがいる
十センチ少しの大きさで

ただブラジャーだけを身につけている。
そこから数メートル離れたところでは
高名な禁令にもかかわらず
物乞いをする鳩が
群れをなしておまえを取り囲み
手からパンを奪う。
ぐったりとしながら空を飛ぶ、翼の音が聞こえる
正午の悪魔の。

一九八六年七月二二日

ハエ

ここでは私はただ一人だ。
ここは清潔な病院で
私はメッセージを伝えるものだ。
閉ざされた扉など私には存在しない。
窓はいつもあるし、
隙間も、鍵穴もある。
食べ物は豊富だ、
満腹のものや
もう食べられないものの食べ残しがあるからだ。
　　それに捨てられた薬からも
栄養が取れる、
私に害をなすものなどないからだ、
すべてが栄養になり、役に立ち、体を強くする。

高貴で卑俗な物質も、
血、漿液、台所のくずも。
すべてを飛ぶエネルギーに変える
私の職務はそれほど重要だ。
私は瀕死の人、危篤の人の
乾いた唇に最後のキスをする。
私は重要だ。この私の
単調で、わずらわしく、意味のないささやきは
世界の唯一のメッセージを
敷居を越えるものに繰り返すからだ。
　私がここの支配者だ。
　唯一自由で、身軽で、健康な。

一九八六年八月三一日

ヒトコブラクダ

なんでそんなに訴え、争い、戦争をするのかね？
私をまねるしか方法はないぞ。
水がないのか？　私はそれなしでやっている、
呼吸を無駄にしないことだけに注意して。
食べ物がないのか？　私はこぶから引き出している。
時に恵まれたら
おまえたちも一つ生やすがいい。
もしこぶがだらりとしていても
わずかな枯れ枝やわらで足りる。
緑の草はみだらで無駄だ。
私の声がひどいって？　いつも黙っているし、
もし鳴いてもだれにも聞こえない。
私が醜いだって？　雌には気に入られている、

私たちの雌はしっかりした堅実なものを重く見るし、
存在する限りの最高の乳を出す。
おまえたちの女に、同じものを要求してみろ。
そう、確かに私は下僕だが、砂漠は私のものだ。
自分の王国を持っていない下僕など存在しない。
私の王国は荒涼たる悲嘆だ。
それに果てはない。

一九八六年一一月二四日

暦

無関心な川は
なおも海に注ぎ続けるだろう
あるいは堤防を越えて壊し続けるだろう
粘り強い人間の昔からの仕事を。
氷河は底を削り取りながら
きしり続けるだろう
あるいはモミの命を刈り取りながら
不意に崩れ落ちるだろう。
海は大陸の間に囚われながら
もがき続けるだろう
ますますその富をどん欲に奪いながら。
ただ星や惑星や彗星だけが
その進路を保ち続けるだろう。

地球もまた、創造された森羅万象の
不変の法を恐れるだろう。
だが我々は違う。我ら反逆の分枝は
才覚に恵まれてはいるが、正気は乏しく、
破壊し、堕落させる
ますます大急ぎで。
早く、早く、砂漠を広げよう、
アマゾンの森林に、
我らの町の生き生きとした中心部に、
我ら自身の心の中に。

一九八七年一月二日

マリオとヌートに

私には多くの人生を背負っている兄弟が二人いる、
山の陰で生まれたものたちだ。
二人は遠い国の雪の中で
怒りを学ぶことになった、
そして少なからぬ意味を持つ本を書いた。
私と同じように、メドゥーサを見ても耐えきった、
石にはならなかった。
日々のゆっくりした積雪にも
石にされることはなかった。

＊この詩はマリオ・リゴーニ・ステルンの短編集『夜明けを待ちながら』(二〇〇四年、エイナウディ社刊)に収録されたが、一九八三年に以下の記載とともに、著者に送られたものである。「詩を書くことはさほど重要な仕事ではないことを知ってはいるが、きみには親しさゆえに、この「マリオとヌートに」と題する詩をあえて送りたい」。

翻訳詩集

サー・パトリック・スペンス

（一六〇〇年頃のスコットランドの無名詩人のバラード）

出　発

王はダンファームリンに王宮を構え、
みなで競って酒を飲んでいる。
「わしのために良き船乗りを見つけてほしい
わしの新しい船のために」

ある騎士が立ち上がって話す、
王の右側で。
「サー・パトリック・スペンスは
比べるもののないほどの素晴らしい船乗りです」

王は長い手紙を書き
封印をさせた。
人々はサー・パトリックを探し、
海の岸辺で見つける。

「ノルウェーに、ノルウェーに、
波に乗ってノルウェーに。
ノルウェー王の娘を
この岸辺に連れてきてほしい」

サー・パトリックは初めの言葉を読み
心が晴れやかになるが、
次の言葉を読むと
苦痛で涙を流す。

「いったいだれが王様に
私の才能を話したのか？

今出発しなければならない
風の吹きすさぶ季節に」

「雨や雪、風や雹でも
船は出さなければならない。
ノルウェー王の娘を
ここに連れてこなければならない」

大急ぎで彼らは出発した、
月曜日のことだった。
ノルウェーの土を踏んだ
水曜日のことだった。

帰還

「さあ、準備はいいか、わしの良き仲間たちよ
明日の朝、出発しよう」

「ご主人様、私は不安だ、大きな嵐が
近づいていると感じる。

昨日私は見た、新しい月が
古い月を角の間に抱えているのを。
ご主人様、もし出港したら
だれも帰り着けないかもしれない」

彼らは千マイルほど航海した、
千マイルか、それに足らない行程の頃だ、
空が暗くなり、風が出てきて
海は逆毛を立てる。

錨は奪い去られ、マストは折れ
船壁には穴が開く。
海水は船の中にどっと押し入り
すべてがばらばらに壊れる。

「良き絹の布と
麻くずを巻いたものを持ってこい。
艫にある水の漏れ口を
みなくまなく塞いで回るのだ」

騎士たちは良き布を持ってきた、
麻くずを持ってきた、
だが水は入り続けてくる
艫の漏れ口から。

ああ、何と不本意だっただろうか、騎士たちには、
高いヒールの靴を濡らしてしまうことが。
だが水はすぐにもかさを増し
誇り高き帽子の羽根飾りまで飲み込んだ。

何と多くの羽毛の寝台掛けが

水に浮いたことか。
何と数多くの貴婦人たちの息子が
水に溺れるのを見たことか！

ああ、どれほど待つのだろうか
白き額の貴婦人たちは
水平線の彼方に船が
姿を現すのを見るまでには！

そして待つだろう
金色の櫛の娘たちも、
なぜならもう彼女らの
恋人たちは戻ってこないからだ。

アバーダーの十マイル沖の、
百ピエーディの深さのところに、
サー・パトリック・スペンスは眠っている、

彼の騎士たちとともに。

私は夢で変に格好をつけた小男を見た
その男は大股でぎこちなく歩いていた。
裾飾りがついた高級な服を着ていたが、
あたりに不吉なにおいをまき散らしていた。
その中身は粗野で、臆病で、
顔を上に向けて反り返り、目で見下ろしていた。
混乱したことを大げさに話していたが、
尊大で疑い深かった。
「誰だか分からないのか?」老人の夢の神が
尋ねてきて、鏡を見せた。
それは魔法で未来を見せる鏡だった。
そこには祭壇があり、かの小男が
私の美しい婚約者と並んでいた、そして「はい」と言った。
すると悪魔が歌って言った。「かくあれかし《アーメン》」

(ハイネ『歌の本』「夢の絵」より)

モミの木がただ一本
北国の荒れた斜面に立っている。
眠り、夢を見ている、体を埋める雪を
顔布のようにかぶされて。
彼は遠い東方で育っている
細いヤシの木を夢見ている。
ヤシの木も終わりのない夢を見ている、
焼け付くような断崖に根を打ち込んで。

（ハイネ『歌の本』「抒情挿曲」より）

彼女が激しい愛を誓ってくれた
あの部屋に帰ってきた。
彼女の涙の跡がいくつもあって
そのどこからも蛇が出てきた。

（ハイネ『歌の本』「帰郷」より）

夜は静かで、路地は眠り込んでいる。
この家に私の恋人がいた。
もう出て行って、長い時が流れたが、
家は当時のままだ。
その前に一人の男がいて、闇をのぞき込み
苦痛で手をねじ曲げている。
その男が振り返ると、それは私の顔だ。
血管がみな凍りつくような思いがした。
おお、私の分身よ、私の青ざめた相棒よ、
私の苦痛をまねしに来ているものよ、
おまえはここで何をしている、この扉の前で、
風にいたぶられて、私が泣きに来ていたこの場所で。

（ハイネ『歌の本』「帰郷」より）

親愛なる友よ、君は恋の罠に落ちた、
また新しい苦しみが君を苦しめる。
頭の中はすべてが濁っていて、
心はますます澄み切っている。
親愛なる友よ、君は恋の罠に落ちた、
だがなぜなのか今も分からない。
だが君の心が燃えているのが見える
チョッキを通して赤く輝くのが見える。

(ハイネ『歌の本』「帰郷」より)

我らの世界はあまりにもばらばらだ。
もう必要になっている
大先生がやって来て
すでに人生が失っているあの秩序を回復し
道理の通った仕組みを作ることを。
彼は自分の縁なし帽を切り刻み
宇宙のすべての穴をふさぐことだろう。

(ハイネ『歌の本』「帰郷」より)

ドンニャ・クララ

市長の娘が歩いている
庭園を、物思いにふけりながら。
城からは
楽しげな音楽が降ってくる。
　　「私にはもう踊りも
　　やさしい言葉も
　　私を太陽と比べて
　　誉めたたえる求愛者もうんざりです。
すべてがみな退屈だ
一心に、やさしく歌っていた
あの見知らぬ騎士を
見かけた晩からは。
　背が高くて、すらりとしていて、勇敢で

瞳は海のように青い。
　祭壇画に描かれた
　聖ゲオルギウスに似ている」
あの聖人の画像を
ドンニャ・クララは夢見ている。
目を上げると、その見知らぬ騎士が
かたわらに立っている。
　　月明かりの下で
　二人はもう指を絡ませている。
　夜の穏やかな空気が
　花咲く花壇に口づけをしている。
バラは血のように赤く
二人の愛にはずみをつける。
「でも言って下さい、いとしい人よ、
なぜそんなに顔が赤いのですか？」
　「蚊のせいですわ。
　何ていやなんでしょう、

鼻の長いユダヤ人の
　不快な群れほどにも」
「でも何でユダヤ人で、何で蚊なんですか？」
騎士は穏やかに言う。
梨の白い花の花弁が
舞って二人を包む。
　舞って娘を包み
　その美しい顔をかすめる。
「でも言って下さい、いとしい人よ、
　あなたの心はもう決まっているのですか？」
「もちろんあなたを愛しています、最愛の人よ。
主にかけて誓います
あの本当に呪われるべきユダヤ人たちが
十字架に架けて苦しめたあの主に」
「でも何で十字架で、何でユダヤ人なんですか！」
　騎士は穏やかに言う。
　遠くに咲く白い百合の花々が

波のように揺れて二人にあいさつを送る。
波のように揺れて二人にあいさつを送り
空に向かって芳香を吐き出す。
「でも言って下さい、いとしい人よ、
あなたは本心から誓ったのですか？」
「私には何ごとも偽りはありません、いとしい人よ。
私の胸には
黒人の忌まわしい血も
ユダヤ人の呪われた血もありません」
「でも何で黒人で、何でユダヤ人なんですか！」
騎士は陽気に言って、
彼女の手を取り
ギンバイカの林に導く。
その誘いは何と甘美だったことか、
寝床は何と柔らかかったことか！
言葉は短く、口づけは長く、
心はシナノキの下で結ばれた。

その結婚の歌は
ナイチンゲールが歌い、
蛍の輪舞が
あたりの地面を明るく照らした。
　今ギンバイカの林を静けさが覆う。
　シナノキがささやき、
　闇の中で密やかに
　バラが息を吐くのが聞こえる。
すると木々の中で不意に
太鼓の音が鳴り響く。
クララは目を覚まし
恋人の腕から身をふりほどく。
「さようなら、いとしい人、私を呼んでいます。
もうお別れする時が来ました。
でもその前に名前を聞かせて下さい
今まで私に隠してきたその名を」
ほほえみながら、騎士は

娘の顔に口づけし、
目と髪にも口づけして
屈託なくこう言う。
「ご婦人よ、私は、あなたの愛する私は
高名で、敬虔で、学識高きラビ
エル・トボソの
ナタナエルの息子です」

（ハイネ『歌の本』「帰郷」より）

浜辺の夜

夜は寒く、星はなく、
海は大きく口を開けている。
海の上に、腹を下にして、
不格好で醜い北風が横たわっている。
病気にかかった愚鈍な老いぼれのように
水の下で、小声でもぐもぐ話し、うめき、無駄話をし、
ばかげた昔の話を語る、
荒れ狂う巨人のおとぎ話、
ノルウェーのとても古いサーガを。
そして不意に笑い声を立てて、遠いこだまを響かせ、
エッダの魔法の呪文や、
訳の分からないルーン文字の格言を叫ぶ、
あまりにも不純な魔術に満ちているから、

海の純白の息子たちは
歓喜に満ちて高く飛び上がる、
酔いしれて、不遜に。

だが平らな渚では、
塩気の強い湿った砂の上を
こっそりと、一人の異邦人が進む。
彼の心には、すべての波や風よりも
さらに激しい嵐が宿っている。
彼が踏む地面からは
火花が飛び散り、貝殻はきしむ。
灰色の外套で固く身を包み
夜の風の中を早足で進む。
彼を導くのはかすかな明かりで
ぽつんと立つ漁師の小屋で
親しげにまたたき、呼びかける。
父と兄は海に出ている。

若い漁師の娘が
ひとりぼっちで家に残っている。
炉の近くに座り、
鍋が信心深い小言を言う
なじみの音に耳を傾けている、
耳障りにはじける枯れ枝を火にくべ、
強く息を吹きかけると、
赤い照り返しがまるで魔法のように
照らし出す、汚れない額を、
粗末なシャツから顔を出す
白く柔らかな肩を、
たおやかな腰に
スカートをたくし上げる
小さくて勤勉な手を。

すると扉が開き、
夜の異邦人が入ってくる。

その目はしっかりと
華奢な娘を見つめる、
娘はまるで風に吹かれる百合のように
男の前で震えている。
男は床に外套を投げ出し、
ほほえんで、語り出す。
「どうだい、私は約束を守るのだ。
私はやって来た、そして私とともに
かつての時がやって来た、天空の神々が
人間の娘のもとに降りてきて
娘を抱き、
笏を持つ王の種族や
世界の驚異である英雄をもうける時が。
さあ、娘よ、驚きから目を覚ませ、
そしてお願いだから、ラム入りの紅茶を入れてくれ、
とても寒いんだ、外は、
それにこうしたひどい夜には

我々永遠の神にも災難が降りかかる、
決してまれなことではないのだが
そう、神聖な風邪をひき
不滅の咳に苦しめられているのだ」

（ハイネ『歌の本』「北海」第一集、四より）

反歌

牧場の、鎌で刈られた牧草地や、
もう枯れている枝や葉の束の上に、一つの声が響きわたる。
「すぐにやって来い、すぐに、もう干し草をしまう時だ、
イギリスの短い夏はもう終わりだ」
　南西風のうなり声を聞け、
　土砂降りの雨音を聞け、
　今だ、今だ、という、また航路に戻る
　歌と音を聞け。
セムのテントをたたもう、いとしい人よ、
季節はもう一回りした。
また道に出る時が来た、古くからの、我らの、長い道だ、
どこにでも通じている道で、いつも新しい。

北は霜で暈《かさ》がかかっている太陽のほうへ、
南は盲目の怒りに震えるホーン岬のほうへ、
東は濁った大河の霧の中へ、
西はゴールデンゲートのほうへ、
そこはどんなほら吹きも信仰を見つけられるところだ、いとしい人よ、
そこではどんな嘘の話も真実になり、
人は自分の重さをまた発見する、その古い道で、我らの外洋の道で、
人生はいつも奇跡だ、そのいつも新しい道では。

捨て去ろう、長く冷たい日々を、生気のない灰色の空を、
何度も呼吸された、濁り、湿った空気を。
私は疲れた魂を売ろう、あの貨物船のために、
スペインへとあえぎながら進んでいく、
荷物を積み過ぎて、沈みそうなあの貨物船のために、いとしい人よ、
そしてそのやくざで酔っ払いの水夫たちのためにも。
船首を道にまっすぐ向けよう、古い道に、我らの道に、
カディスから長い航路に沿って、いつも新しい航路に。

確かな道は三つあるだろう、鷲の道と、蛇の道と、
女を連れた男の道だ。
だが私に最もなじむのは海の道だ、
モンスーンをたどる道だ。
船首で砕ける波の音を聞くがいい、いとしい人よ、
そして全速力で回転するスクリューの搏動を、
その緑の航跡を見るがいい、我らの道だ、古い道だ、
船が風下に進路を取り、いつも新しい、古い道で跳ねとんでいる時に。

煙突が黒い煙を吐いて吠える、
防舷材が音を立ててきしみ、
箱を結びつける時にケーブルはピチピチ鳴り、キーキー音を立て、
麻縄は舷側でうめき声を上げる。
叫び声が上がる。「タラップを上げろ」
「繋索を張れ」
「船尾を空けろ」、そして進む、古い道を、沖の道を。

我らは長い道を引き返している、いつも新しい道を。

霧が我らを弱らせる時、返し波は何と鳴き声を上げることか、
サイレンは弔いの叫び声を響かせる、
そして暗闇の陰鬱な深淵の上を一メートルずつ進んでいく、
測深線は短すぎる！
我らはロウアー・ホープを横切っている、いとしい人よ、
ガンフリートの浅瀬は見えていて、
マウス海峡の緑の水が古い道に現れる、我らの道に、
ガル灯台がそびえ立つ、いつも新しい長い道に。

ここでは夜が我らを導く、光に満ちた航跡に
穏やかで暖かな空の下で、
そして船首は恐れを知らずに突き進む、温かな水の平地に分け入って、
恐れをなして鯨が逃げていく。
ここでは船壁は太陽で焼かれる、いとしい人よ、
繋船索は露をしたたらせ、

船は雷を鳴らして行く、古い航路を、我らの航路を、
南にそれて長い航路を行く、いつも新しい航路を。

さて帰る時が来た、大声で激しく吠える
酔っ払った海をなだめすかして。
エンジンは搏動して高い音を出し、竜骨は不安げに横揺れし、
南十字星が空高く輝いている。
そう、失われた古い星々は沈む、いとしい人よ、
青いビロードの空に縫い込まれて。
彼らが古き道の我らが友だ、我らの道の、沖の道の、
長い航路の神聖なる案内人だ、いつも新しい航路の。

さあ飛ぶのだ、疲れた心よ、岬を越えて、岩礁のほうへ。
我らはゆっくり航海しすぎる。
あの島まで二万マイルある、
海流に揺られ
湿った蘭のベッドであくびをしているあの島まで。

おまえは南西風の呼び声を聞いたか、
沖で降る雨の音は。
おまえは聞いたか、また航路に出る
今だ、今だ、という歌を。
神だけが知っている、我らが何を見つけるかを、いとしい人よ、
我らが何をするかは、悪魔が知っている。
だが我らはまた帰還の道にある、
古い道、我らが道、沖の道。
我らは長い航路をたどっている、いつも新しい航路を。

（R・キプリング『ご褒美と妖精』より）

原注

9頁「ブナ」　ブナとは私が虜囚の期間中に働いた施設の名である。

11頁「歌」　Siegfried Sassoon, *Everyone sang* 参照。

13頁「一九四四年二月二五日」　ダンテ『神曲』「地獄篇」Ⅲ五七、「煉獄篇」Ⅴ一三四、T・S・エリオット『荒地』“I had not thought death had undone so many” 参照。

16頁「聞《シェマー》け」　Shemá（シェマー）はヘブライ語で「聞け」という意味。ユダヤ教の基本的祈禱文の初めにある言葉で、それにより神の唯一性が明言されている。この詩のいくつかの詩句はそれを書き換えたものである。

18頁「起床」　Wstawać（フスターヴァチ）はポーランド語で「起床」を意味する。

22頁「また別の月曜日」　最後から二行目の詩句については、ダンテ『新生』ⅩⅩⅥを参照のこと。

24頁「R・M・リルケより」『形象詩集』「秋日」参照。

25頁「東方ユダヤ人」　ナチズム統治下のドイツでは、ポーランドとロシアのユダヤ人は公的にこう呼ばれていた。

26頁「フォッソリの落日」　カトゥルス『歌集』五歌、四行参照。カルピ近郊のフォッソリには、流刑に処される囚人用の選別・中継収容所があった。

37頁「鳥の歌（Ⅱ）」　T・S・エリオット『うつろな人間たち』“This is the way the world ends / Not with a bang but a whimper". 参照。

43頁「最後の顕現」　Werner von Bergengrün, *Dies Irae* の翻訳。

45頁「上陸」　H・ハイネ『歌の本』「北海」第二集「九　港にて」参照。

46頁「リリス」　リリスの伝承に関しては、拙著短編集『リリス』所収の同名の短編を参照のこと。

48頁「始原に」　Bereshid(Bereshit)(始原に)とは『聖書』の冒頭にある言葉。ここで示唆されているビッグバンについては「サイエンティフィック・アメリカン」一九七〇年六月号などを参照のこと。

52頁「黒い星」「サイエンティフィック・アメリカン」一九七四年一二月号参照。

53頁「いとまごい」　Nebbich(ネビック)とはイディッシュ語で、「愚かな、無用な、不適格な」という意味である。

55頁「プリニウス」　老プリニウスは七九年に、ポンペイを破壊したヴェスヴィオ山の噴火の際に死んだ。それは噴火の現場に近づきすぎたためであった。

74頁「黒い群れ」　ダンテ『神曲』「煉獄篇」XXVI三四参照。

78頁「声」　F・ヴィヨン『遺言』V一七二〇参照。

82頁「パルティージャ」　Partigia(パルティージャ)はPartigiano(パルチザン)を指す短縮形の言葉で、ピエモンテ州で広く使われていた。冷静で、決断力があり、すぐに戦闘態勢に入れるパルチザン、という含意があった(短縮形の作り方の例として、borghese(中産階級)からburguが、Juventus(ユーヴェントゥス)からJuveが、prepotente(横暴な人)からprepuが、commendatore(コンメンダトーレ)からcumendaが作られた)。

87頁「過越の祭」　詩の中には、ユダヤ教の過越の祭で行われる、伝統的儀礼からの様々な引用が含まれている。

92頁「老いたモグラ」 シェイクスピア『ハムレット』第一幕、第三〔五〕場(“old mole”)参照。

100頁「夜衛《ナハトヴァッヘ》」 Nachtwache(ナハトヴァッヘ)はドイツ語で「夜衛」を意味する(これはラーゲルで使われた専門用語である)。第一行目の詩句は『聖書』「イザヤ書」二一〔二一〕、一一からの引用である。

104頁「真珠貝」 実際、真珠貝(真珠を作るカキ)は普通に食用にするカキとは違った種類である。

110頁「逃亡」 T・S・エリオット『荒地』V三三二(“Rock and no water and the sandy road”)参照。

112頁「生き残り」 S・T・コウルリッジ『古老の船乗り』V〔VII〕五八二、ダンテ『神曲』「地獄篇」XXXIII一四一参照。

114頁「象」「視力を失った無謀な武人」とはハンニバルのことである。彼はアルプス越えの際、眼病にかかったと言い伝えられている。

123頁「敬虔」 ここではジョズエ・カルドゥッチの高名な詩“Il bove”に言及している。Gewalt(ゲヴァルト)とはドイツ語で「暴力」を意味するが、イディッシュ語では主に感嘆詞として用いられ、ぎりぎりの絶望的抗議を表現するのに使われる。

177頁「翻訳詩集」 私は言葉に忠実であるよりも、音楽的響きを生かそうとした。これらは専門的な仕事というよりも、翻訳を楽しみとして考えた成果である。

訳者解説

プリーモ・レーヴィ(一九一九―八七)は本書『予期せぬ時に』の刊行以前に、その元となる二冊の詩集を発表している。一冊目は私家版で、題名はなく、タイプ書きで、三〇〇部しか印刷されず、友人、知人に配られたと推測されている。この私家版には、本書の一番目にある「クレシェンツァーゴ」から二四番目の「リリス」にいたるまでの、二三の詩が収められていた(「一九四六年二月一一日」は未収録)。二冊目は一九七五年にヴァンニ・シャイヴィラー社から刊行された『ブレーメンの居酒屋』で、一五〇〇部刷られた。この詩集には一番目の「クレシェンツァーゴ」から二八番目の「いとまごい」までの、二七の詩が収められていた(この詩集にも「一九四六年二月一一日」は未収録)。

レーヴィは一九七八年からトリーノで発行されている新聞「ラ・スタンパ」に詩を掲載し始めた。そしてかつての詩に新たな詩を足して、一九八四年にガルツァンティ社から『予期せぬ時に』を刊行した。この詩集には六三編の詩が年代順に収められ(「一九四六年二月一一日」を含む)、一九七六年から七七年にかけて書評誌「トゥットリブリ」に掲載された翻訳詩一〇編が「翻訳詩」として付け加えられた。このオリジナル版の『予期せぬ時に』は、レーヴィが生前に刊行した最後の詩集になった。

レーヴィの死後、一九八七年から一九九〇年にかけて三巻の著作集がエイナウディ社から刊行されたが、その際に『予期せぬ時に』に収められなかった一八編の詩が「その他の詩集」という形で収録された。ガルツァンティ社は一九九〇年に、この「その他の詩集」を加えて、再度『予期せぬ時に』を刊行し、今でもイタリアではこの増補版が書店で売られている。その後一九九七年、二〇一六年にレーヴィの『全集』がエイナウディ社より刊行され、その中に新たに見つかった三編の詩が収録された。

本書、プリーモ・レーヴィ全詩集『予期せぬ時に』は、ガルツァンティ社刊の増補版を底本にしているが、『全集』に新たに加えられた三編、「ムーサに」「ガルヴァーニ家」「マリオとヌートに」を特別の許可を得て収録してある。したがって本書はイタリア人読者が普通に入手できる詩集よりも詩の収録数が多く、「全詩集」と銘打つにふさわしい内容になっていると言える。

なお本解説では、レーヴィ本人が編纂した一九八四年版の詩集を中心に、個々の詩を検討する予定である。

一　レーヴィにとって詩とは何か

一・一　詩の生まれる場所

本詩集『予期せぬ時に』は一九八四年一〇月に刊行された。その際、プリーモ・レーヴィはいくつかのインタビューに応じているが、評論家のアントニオ・アウディーノとのインタビューではこう述べている。「詩とは限界にまで凝縮された言語であり、意味論的に豊かで、わずかな言葉が多くの意味を持つ。そしてさらに韻律を持ち、音楽的である。詩では散文には許されない特別なスタイルも許される。一方散文はより明晰で、糸がほどけた糸玉のようなものだ。私は自分が詩と散文を別々の分泌腺から分泌しているという、はっきりとした印象を抱いている。私は散文で書くものには、そのあらゆる言葉に責任を持てるが、詩ではそうできない。ある種の言い方をするなら、私は詩を興奮状態で書くと明言できるだろう。だがそうした状態に意図的に自分をおちいらせるのはとても難しい。私の同僚の詩人たちがどのようにして毎日詩を書いているのか、どうすればそうできるのか、私には分からない」。

レーヴィは「別々の分泌腺」という言い方で、散文と詩が紡ぎ出される部分を区別しているが、本書の序文では「私の中の半分理性的な部分」という表現で、散文を生み出す部分を示している。この点に関して、評論家のジュリオ・ナッシンベーニに、もう半分は何ですか、と問われて、「それは非理性的な部分だ」と答え、「それは自分の知らない仕掛けで、不意に、予想もしない刺激で動き出すのだ。例えば蜘蛛の巣、新緑の葉、舗装された道路などを見た時だ」と述べている。

さらに本詩集が刊行される前の一九八一年に、評論家のジュゼッペ・グラッサーノに答えたインタビューでは、詩についてこう語っている。「私の普段の状態は詩を書くようなものではないが、時たまその奇妙な感染症が、発疹性の病気のようにして襲いかかってきて、私を駆り立てる。私は詩をある方法に則って書くことはできない……それはまったく制御できない現象だ……理解できないし、知らないし、理論化できない現象だ……それは私の世界には属していない。私の世界は、あることを考え、それを組立工のようにして発展させ、少しずつ組み上げていくことで成り立っている。一瞬のうちに作り上げるというこの別のやり方は、私を驚かせる」。

こうしたレーヴィの言葉を読むと、詩は彼の作品世界で独自の地位を占めていることが分かる。彼にとって散文を書くことは理性の領域に属し、その時に言葉は制御可能だが、詩はそれ以外の領域に属していて、言葉は制御の範囲を超え、しかもそれを書くような状態はまれにしかやって来ないし、自分ではそうしむけることもできないのだ。レーヴィはそのことに戸惑っていると言っているが、一方では楽しんでいたとも考えられる。

散文を書く時、レーヴィが理性を導き手にしていたのだとしたら、詩を書く時は別のものを、つまりいつもは理性の陰に隠れている感情を導き手にしていたと思える。レーヴィは理知的な、明快な文章を書く作家として知られているが、この解説ではレーヴィが普段散文作品の中で表現しなかった部分をいかに書き、表現しているのか、個々の詩を読み解くことでやや詳しく見てみようと思う。そのことで一見理性的と見える彼の文学が、いかに不安定な感情の波に洗われていたか理解できると思う。

一・二　レーヴィの詩論

レーヴィの詩を検討するにあたって参考になるのは、彼の次のような発言である。「私にとって散文を書く、あるいは詩を書くことは、伝え理解されること［comunicare――相手に伝え、その伝えた内容を共有する、というニュアンスがある言葉］を意味する。私は伝え理解されることを重視しているから、エルメティズモ的な書き方はしない」。この発言にあるエルメティズモとは、二〇世紀のイタリア文学界で大きな影響力を持った詩の潮流で、言葉の象徴性を重視し、時には意味が分かりにくくなることから、エルメティズモ（錬金術派）と呼ばれた。レーヴィはさらに「自分はエルメティズモとは関係ない、興味がないし、ああした書き方はしない」と言っている。レーヴィは詩を理解されやすいように書くことを目指していた。そして詩を新聞に発表し、多くの読者から手紙や電話をもらうなどの反響を楽しんでいた。彼にとって詩は、散文よりもさらに広範な読者と接することを可能にする手段でもあった。

イタリアのエルメティズモに分類される詩人としては、初期のジュゼッペ・ウンガレッティ、サルヴァトーレ・クァジーモド、マリオ・ルーツィ、アルフォンソ・ガットなどがあげられるが、彼らは文字通り第二次世界大戦後のイタリアの文壇で活躍した、イタリアを代表する詩人たちだった。中でもクァジーモドは一九五九年にノーベル文学賞を受賞したことで知られている。レーヴィはこうした文壇の主流をなしていた詩人たちの作品を読んではいたが、自分は独自の立場で詩作を続けた。したがって彼の詩には、どうしても孤高のイメージがつきまとってしまう。

《パウル・ツェランについて》

レーヴィは詩の伝え理解させる力をかなり重視していた。そのため、そうした方向性を持たないとみなした詩人には、時には厳しい言葉を使っていた。例えばパウル・ツェランである。ツェランはユダヤ人で、ナチに迫害され、強制労働に追い使われた経歴を持つが、戦後、詩人として活躍した後、一九七〇年に自殺している。レーヴィと同じような経歴を持っているので、レーヴィはツェランには好意的かとも思えるのだが、実際にはそうではなかった。彼についてレーヴィは『根源の探究』という本に詩を引用して、敬意を表している。しかしその説明の文章で、ツェランについて、「万人のために詩を書くことはほとんど理想だろうが、少数者のための詩人、あるいは自分だけのための詩人には不信感を持たざるを得ない」と厳しい評価を下している。

さらにツェランについて、「分かりにくく書くこと」というエッセイでこう書いている。「彼の詩は高貴で悲劇的だが、混乱している。その内部に分け入るのは絶望的な試みで、それは一般の読者だけでなく、批評家にもそうだ……〔彼の詩は〕深淵が人を引きつけるように、我々を引きつける。だが、それと同時に、言葉で言われるべきなのにそうされない何かで我々を失望させ、打ちのめし、遠ざける。詩人としてのツェランは模倣されるよりも、瞑想と哀悼の対象にされるべきだと思う。彼の詩が何かを伝えているにしても、それは「雑音」の中で消えてしまう。それは伝え理解させることでも、言語でもない。せいぜい意味不明な不完全な言語で、死にかけている、孤立した人が発するものだ。我々が死ぬ時はみながそうであるように。だが我々生者は孤立していないので、あたかも孤立しているように書くべきではない。我々は生きている限り責任を負っている。我々は書く言葉の一つ一つに責任を持つべきで、その言葉がきちんと目標に届くようにすべきなのだ」。

そしてさらにこう書いている。「もし我々が他人に伝え理解させる際の明晰さをより向上させられるなら、我々は他人にも自分自身にもより有益になり、歓迎され、後々まで記憶されることだろう。伝え理解させることができないもの、下手なもの、少数者しか分からない暗号で伝達するものは不幸だし、周りに不幸を振りまく」。こうした言葉にレーヴィのアウシュヴィッツ体験の影響が見えるような気もするが、いずれにせよこれが彼の基本的な立場だった。そして詩の中心にあるものは何かと問われて、「それはある種の良識のようなものだ」と答えさらにこう言っている。「ある種の市民的責務のようなもので、こう言うのもためらわれるが、それは社会的責務だ」。

レーヴィの伝え理解させることを重視する立場は、彼の考える社会への寄与と結びついている。彼の詩は自分だけに向けられたものではなく、少数の友人のためのものでもなかった。どれだけ読者が獲得できるかは別として、多くの読者を想定し、ある種の責任感を持って書かれたものだった。

レーヴィはこうして詩の内容が読者に伝わるような書き方を理想として、詩作を進めたわけだが、実際に彼の詩がすべての人に分かりやすいかと言えば、必ずしもそうではない。彼は散文で使う言葉には責任を持てるが、詩ではそうできないと言っている。それは詩が理性で制御できないものを含んでいて、そうしたものは比喩や寓意を使って表現せざるを得ないからだ。この詩集では理性の人であるレーヴィが半分に裂かれ、制御できないもう一つの自分と向き合うさまを読むことができる。それはとても興味深い読書体験だが、詩を書いたもの、すなわちプリーモ・レーヴィという人物のことを考えると、興味深いという言葉だけでは済まされない何かが出てきてしまう。その何かが持つ重さはとてつもないものなのだが、彼の詩を読む読者はそれを引き受ける「責務」を持たされてしまうのだ。

一・三　レーヴィの詩と評論家たち

レーヴィはアウシュヴィッツ強制収容所の体験を書いた記録文学作家として世に出て、自死という形で生涯を終えたため、彼の文学はアウシュヴィッツ強制収容所との関連で論じられることが多かった。そのため散文作品を中心に評論が書かれ、詩はあまり論じられてこなかった。おそらくそうした傾向は今後必ず是正されるはずだが、ここでは今までに書かれた何人かの文芸評論家の評論を見てみよう。

まずイタリアのユダヤ系の評論家、チェーザレ・カセスは『全集』第二巻の序文で、レーヴィの詩は抒情詩の範疇には入らないと書き、「ここには自分自身と語る詩人は存在せず、形式的に改新され、話者自身に返ってくるようなメッセージも存在しない。それとは逆に、いましめ、あるいは教訓の形で、他人に発せられるメッセージが存在する」として、レーヴィの詩の特徴をあげ、さらにユダヤ教的伝統にも言及し、「聞け《シェマー》」で使われている命令形がユダヤ教の祈りの言葉を下敷きにしていることを指摘している(本解説二・一参照)。そして彼の詩ではある種の「恐れ」が表現されていること、特にアウシュヴィッツの悪夢が再び繰り返されることへの恐れがいくつもの詩に現れていることを述べ、「苦痛」の感覚も、対象を人間以外の動植物にまで広げて表現されていることを指摘している。

詩人のジョヴァンニ・ラボーニは「ラ・スタンパ」紙に寄せた評論で、確かにレーヴィの「詩はイタリアの現代詩の最近の歴史には属さないし、「寄与」もしていないが、これは歴史的な所見であって、絶対的なものではない」と書き、レーヴィの詩が現代詩の中で孤立していることを認めている。そして「レーヴィにとって個々の詩の最初の衝動、バネは、常に、非常に明確なのだが、他律的なものだった。それは理性から、現実を道徳的に読み解くことから生まれるものであり、自分の苦しみや自分の怒りを、あらゆる人間に共通の財産として理解し体験する能力から来ているのだ」として、レーヴィの詩が持つ力の源泉に鋭い洞察を投げている。

評論家のイタロ・ロザートは、レーヴィの個々の詩を細かく分析することで、詩が散文作品と密接に結びついていることを指摘している。そしてレーヴィの詩的技法に言及して「繰り返し、列叙法、対句法、行頭反復などが彼の修辞的技法であり」、それは聖書の修辞学的技法に通じているとしている。さらに彼の詩の特徴に言及して、普遍的に存在する「苦しみ」がレーヴィの詩の中心的テーマであると書き、そのことが一番良く現れているものとして「ポンペイの少女」の冒頭の詩句、「人の苦しみはみな自分のものだから／まだまざまざと体験できる、おまえの苦しみを、やせこけた娘よ」を引いている。

評論家たちにとってレーヴィの詩は、イタリアの現代詩の流れにうまくはまらない、孤立した山のようなものだった。そして彼の詩は、抒情性を追求するのではなく、ある種のメッセージを持つもので、それは現代社会の諸問題を「道徳的に読み解くこと」から得られた怒り、悲しみ、苦しみなどを、すべての人間に理解可能な「共通の財産」にしようとする強い意欲に支えられていた。また彼の詩は、ダンテを初めとする、多くの過去の詩人の作品を意識して書かれたものだが、自分自身は強く意識していなかったユダヤ文化にも影響を受けていた。このことは上記のカセスだけでなく、アルベルト・カヴァリオンなど多くの評論家が指摘している。

これらの評論家が言うように、レーヴィの詩は散文と響き合うような形で書かれている。特に初期の詩がそうで、使われる言葉や言い回しも共通している。したがって今まで書かれた多くの評論は、このつながりを分析することに労を割いてきた。本解説では、やはりこの点を検討しつつも、別の側面も分析して、レーヴィの詩の全体像に迫ってみたい。

一・四　レーヴィの詩の特徴

レーヴィ自身の言葉や、上記の評論家たちの見解を踏まえながらも、本書に収録されたレーヴィの詩について考えると、その全般的特徴としてまずあげられるのは引用が多いことだろう。しかも異例なことだが、レーヴィはその引用元をわざわざ注記している。これは前に述べた、彼の伝え理解させることを重視する姿勢の表われ、と考えられるだろう。レーヴィは序文で他の詩人の作品をあまり読まないと書いているが、実際にはたくさんの作品を読み、翻訳までしていた。彼は多くの詩人の影響を受けている。評論家たちは、ダンテを筆頭に、カトゥルス、コウルリッジ、ヴィヨン、シェイクスピア、ハイネ、リルケ、エリオット、カルドゥッチ、エリュアール、アラゴン、ボルヘス、パヴェーゼなど、様々な時代の、様々な国の詩人の名をあげている。

レーヴィの詩は一見すると平明で、簡単に読めてしまいそうだが、引用があるため、内容は多層化しており、それを読み解いていくのは必ずしも容易なことではない。レーヴィ本人は意図していなかったかもしれないが、謎を解くようにして読まれるべき、理知的な詩もあるのだ。これはきちんと読み解ければの話だが、詩を読む喜びを味わわせてくれる。

さらにレーヴィの詩を見て気づかされるのは、散文では書けなかったことが詩に表現されていることだ。それの代表は「一九四四年二月二五日」と「墓碑銘」である。前者は恋人だったヴァンダ・マエストロに捧げられた詩だ。後者はレジスタンス闘争の中で処刑せざるを得なかった、パルチザンの仲間を歌った詩だ。この二人に関して、レーヴィは散文作品の中でわずかに触れるだけで、正面から取り上げることをしなかった。それはしなかった、と言うよりも、できなかった、と言うほうが正しいのだろうが、そのことには後で触れることにする。

レーヴィは散文では感情を抑えた理性的な文章を書いていた。彼の代表作である『これが人間か』は、その怒りや恨みを表明しない、理知的で、抑えた書き方で高く評価されている。だが詩ではかなり明確に分かる形で、怒り、恐怖、悲しみ、絶望が表現されている。詩には散文では分からなかった、彼の感情がかいま見える。レーヴィがアウシュヴィッツ強制収容所から解放された後、故郷のトリーノで何を考え、どのような気持ちで生きていたのか。そうしたことは、ある意味では、散文よりも詩のほうがより明確に伝えてくれる。そして本詩集では詩が作られた年代通りに並べられているから、その生涯を通じて、レーヴィの感情面の変化がどのようなものだったか、より容易に理解できる。

ここで注意したいのは詩が二つの時期に集中して書かれていることだ。一つ目の一九四五年—四六年は、レーヴィがアウシュヴィッツ強制収容所から帰ってきたばかりで、大量虐殺の思い出で感情が高ぶり、心が乱れていた時だった。この時期は正確には約六カ月という、短い期間であるが、この短期間にレーヴィは一五の詩を書いた。「激しい感情に突き動かされて」、数多くの詩が生まれたという事実は、レーヴィ自身も認めている。

もう一つは後期の一九八二年—八四年だ。この時期には実に二七編の詩が書かれている。一九八二年四月に長編小説『今でなければ　いつ』が出版され、レーヴィは大きな仕事から解放された。彼自身はこの時期の詩を「休暇の詩」と言っていて、この頃に時間ができたことを多作の理由にあげているが、それだけではない。『今でなければ　いつ』を書き終えると、彼はすぐに次の仕事に取りかかっている。それは最後の作品となった『溺れるものと救われるもの』の執筆だ。この作品は約四〇年の月日を経て、アウシュヴィッツ強制収容所の体験を、その時点でいかに考えるか、レーヴィが精魂を振り絞って考え、書いたものだが、それを書くことは、時を経て、またアウシュヴィッツ強制収容所に戻り、その悪夢を再体験することを意味した。このことで彼の感情が再度激しく渦巻いたことは容易に想像できる。後に検討するが、『溺れるものと救われるもの』の本文とほぼ相応するような形の詩が書かれているのだ。これは偶然ではなく、彼がまた悪夢の深淵に降りて行ったことを意味する。そしてそれは彼の鬱病をさらに深刻化させることにつながったのだ。

二　レーヴィの詩の世界

二・一　初期の詩

それでは一九四三―四六年に書かれた初期の詩を年代順に見ていくことにする。第一番目の詩「**クレシェンツァーゴ**」はレーヴィがアウシュヴィッツに抑留される前の一九四三年に書かれた。彼は当時ミラーノに住み、ミラーノ市の北東部にある地区、クレシェンツァーゴで働いていた(当時の様子は『周期律』の「燐」に描かれている)。クレシェンツァーゴは現在ではゆったりと運河が流れる、閑静な住宅地になっているが、かつては小さな工場が密集し、煙突が立ち並ぶ工業地帯だった。そこで見た労働者の貧しい生活をリアリズムの手法で描いているのが「クレシェンツァーゴ」である。ここには同じトリーノ出身で、レーヴィの通ったマッシモ・ダゼリオ古典高校で一時教鞭を執っていた作家、チェーザレ・パヴェーゼの詩の影響が見て取れる。

二番目の「ブナ」から一六番目の「アヴィリアーナ」にいたるまでの詩には、アウシュヴィッツ強制収容所に抑留され、奇跡的な生還を果たしたレーヴィが、帰国後に味わった絶望と苦悩が色濃く反映されていて、読むものの心を打つ。レーヴィは一九四五年一〇月一九日にトリーノに帰り着いた。そしてすぐにアウシュヴィッツ強制収容所に抑留された体験記『これが人間か』を執筆し始めるのだが、それよりも前にまず詩を書いた。一九四五年から四六年にかけて書かれた一五の詩の中では「ブナ」「聞け《シェマー》」「起床」がアウシュヴィッツ強制収容所を直接歌った詩である。「**ブナ**」の中に見られる、「傷ついた足」「呪われたぬかるみ」「朝に長く伸びる隊列」といった表現は『これが人間か』にひんぱんに見られるものだし、抑留された「囚人」にとって一日がいつも同じに思えるという現象を指す、「毎日が同じ一日」という表現もある。また溺れたものの心理を表す「何もかも奪われて苦痛すら感じず、／疲れ切っていて恐怖もおぼえない」という表現もおなじみのものだ。レーヴィはまだアウシュヴィッツ強制収容所の「溺れたものたち」と同じレベルにいて、自分を彼らと同一視している。

それと同じことは「ブナ」から一三日後に書かれた「聞け」にも、一四日後に書かれた「起床」にも言える。「**聞け**」はユダヤ教の祈りの言葉、シェマーを下敷きにしている（シェマーは『旧約聖書』申命記六・四―九を原典にしており、そこには「心に刻みなさい。家にすわっているときも、道を歩くときも、寝るときも、起きるときも」という言葉があり、レーヴィは「聞け」でほぼ同じ表現を使っている)。一方「**起床**」は、レーヴィにはなじみのなかったポーランド語の「フスターヴァチ」に着想を得て書かれている。二つの詩はアウシュヴィッツ強制収容所の死の雰囲気を濃厚にたたえているが、ややニュアンスが違っていて、「聞け」ではアウシュヴィッツを教訓に、二度と同じことが起きてはならないという決意が訓戒として表現されている。「起床」では、日常的に使われる普通の言葉が、アウシュヴィッツ強制収容所でいかに非人間的な響きを持っていたかが語られ、将来同じことがまた繰り返されるのではないかという恐怖が表現されている。これらの詩は書かれた時期が近く、まだレーヴィがアウシュヴィッツの恐怖から完全に抜け出せていないことを示している。なお「聞け」は『これが人間か』の巻頭に、「起床」は『休戦』の巻頭に巻頭詩として掲げられた。

《ヴァンダに捧げる詩》

「**一九四四年二月二五日**」はレーヴィを乗せた列車がアウシュヴィッツ強制収容所に到着した日だ。このときレーヴィは恋人だったヴァンダ・マエストロと一緒だった。二人は列車の中では身を寄せ合っていたが、到着後、外に出されると離ればなれになり、再び顔を合わせることはなかった。なぜならヴァンダは強制収容所の過酷な環境に耐えられず、衰弱し、同年一〇月にビルケナウ強制収容所でガス室送りになったからである。

『これが人間か』で、二人の別れの場面はこう書かれている。「私の脇には一人の女性がいた……私たちは、決別の時だったその時に、生者の間では決して口にしない言葉をかわした。短いながらも、あいさつをかわしたのだ。こうしてお互いに相手の命に別れのあいさつを送った。私たちはもはや恐れを抱いていなかった」(一五頁)。しかしこの部分では、「一人の女性」と書かれているだけで、ヴァンダ・マエストロという名はあげられていない。

そして『休戦』では、アウシュヴィッツ強制収容所から解放された直後に、ヴァンダの死を知らされて、レーヴィは以下のように原稿に書いた。「その時、この知らせを聞いて、私は苦しまなかった。それがとても遠い、かけ離れた出来事だと感じ、かつての自分の世界を、時たまよみがえる、かすんだもののとしか思い出さなかったからだ。しかし後になってそれに苦しむことになるのは、非常にはっきりと分かっていた」。だがレーヴィは出版される時にこの部分を削除してしまった。読者がこの部分の存在を知るのは、一九九七年に刊行された『全集』の注の中で、である。

その後レーヴィは彼女について書くことをためらい続け、生涯にわたって十全に語ることがなかった。それゆえレーヴィの読者は、ヴァンダに対する彼の感情を詩で推測するしかなかった。この詩「一九四四年二月二五日」は、ヴァンダについて、直接書かれた唯一のものということができる。これは「後になってそれに苦しむことになるのは、非常にはっきりと分かっていた」という言葉通りに、レーヴィの心を映す鏡のようなものである。この詩を読むと、彼の心はまだヴァンダの死を消化しきれていないことが分かる。詩は短くて、魂の叫びのようなものになっている。

またこの詩で注目すべきは、詩句の一部がダンテの『神曲』やエリオットの『荒地』から引用されていることである。レーヴィの詩は引用が多く、文学作品は文学的伝統の中から生まれるという文学思想を如実に示すような結果となっている。彼は文学的伝統にどっぷりとつかり、それを骨肉化して詩に生かせる力を持っていた。前にも書いたように、これはレーヴィの詩の大きな特徴と言えるのだが、この部分では特に disfatta(破壊した)という言葉を使いたかったと思える。これは『神曲』「地獄篇」III五七では多くの死者を描写する場面で使われているが、「煉獄篇」V一三四では、無実なのに悲惨な死に方をした貴婦人、ラ・ピーアの死を語る場面で用いられている。レーヴィがラ・ピーアの死をヴァンダのそれと重ね合わせて見ていたことは十分に考えられる。

帰国してからしばらく、レーヴィの気持ちは死の記憶と新たな生の間を揺れ動いていた。例えば「**烏の歌**」は死をもたらす不吉な使者である烏を歌っている。この死の使者は帰国後も彼のもとにつきまとっていた。この詩は「一九四四年二月二五日」と同じ日に書かれている。彼はまだヴァンダが行ってしまった死の世界に囚われている。

「**歌**」は死の世界から帰ってきたが、生の世界にはまだなじめない戸惑いが歌われている。かつてアウシュヴィッツ強制収容所では、毎日が同じで、苦痛に満ちたもので、それが顔のないのっぺらぼうのように、毎日同じものとして連なっていた。それが今では「一日は一日以外の何ものでもなく、／七日間を合わせると一週間になった」のである。時間の歩みが正常になり、元の世界への再適応が始まった。だがこうした状況へのレーヴィの違和感は説明しがたく、周りのものには分かってもらえないのである（レーヴィは原注で *Everyone sang* をあげているが、この詩を書く着想を得たと言いたいのだと思う。「歌」で *Everyone sang* の詩句がそのまま使われているわけではない）。「**月曜日**」にもそうした違和感が示されている。とても悲しい存在として、汽車と荷車引きの馬をあげ、自分をそれらと同一視している。レーヴィは自分を「時の円環はもう閉じている」悲しい存在と見ている。

《新たな生へ》

こうした状況の中でレーヴィは仕事を見つけ働き始めた。そのことが書かれているのが「**また別の月曜日**」である。彼はトリーノから二〇㎞ほど離れたアヴィリアーナという町にあるドゥーコ社で働き始めた。彼は朝、ポルタ・ヌオーヴァ駅から汽車に乗り、アヴィリアーナに通った。だがまだアウシュヴィッツの死の世界を克服することはできなかった。その違和感が詩に表現されている。しかしレーヴィは否応なしに、普通の生活を始めざるを得なかった。彼は化学技師として働き始めた。だが時間を見つけて、『これが人間か』の執筆を始めた。執筆は一九四六年中続けられた。

彼の心の揺れ動くさまは「**R・M・リルケより**」に表現されている。この詩はR・M・リルケの『形象詩集』「秋日」の後半部分を書き換え、言葉を加えて作られているのだが、「家を持つ時が来た、／あるいは長い間家を持たずにいる時が」、さらに「ひとりぼっちではない時が来た。／あるいは長い間一人でいる時が」と矛盾する表現を並べて、自分が少しずつ普通の生活に戻っていく希望が示されるのと同時に、そうはいかないかもしれないという不安も顔をのぞかせている。

死の世界にまだ囚われていることは「**フォッソリの落日**」に表れている。フォッソリとはカルピ郊外の一地域で、そこには中継収容所があり、ファシストに狩り出されたイタリアのユダヤ人が集められていた。そしてユダヤ人はそこからアウシュヴィッツ強制収容所に送り出されたのである。もちろんレーヴィもヴァンダもそうだった。レーヴィはこの詩で、太陽が沈んでしまった後の闇の世界、死の世界を思い、その世界に行って帰ってこなかった人たちを悼んでいる。もちろんその中にはヴァンダも含まれている。そしてこの詩でも古代ローマの詩人カトゥルスの引用が使われている。ここでは古典を現代に生かす文学思想が表われているが、同時に人間の苦しみが時代を超えて共通することも示されている。

「**東方ユダヤ人**」はアウシュヴィッツ強制収容所で初めて接する機会を得た、東ヨーロッパのユダヤ人のことを歌っている。レーヴィはアウシュヴィッツに行くまで、こうした人たちと直接知り合うことがなかった。イタリアの文化的伝統とは違う、また別の伝統を体現する彼らへのオマージュとして、この詩が書かれたと思える。

「氷河」は自然の中に宿る未知の恐ろしいものへの恐怖を歌っている。それは今は身を縛られているが、いつか暴れ出すものだ。レーヴィは氷河がきしむ音に、世界を壊すかもしれない凶暴な力を感じ取っている。なお『周期律』の「ニッケル」に同じような表現がある。

「魔女」は男を縛り、支配し、壊してしまう女性への恐怖を歌っている。何か唐突にこの種のテーマが出てきた感じもあるが、おそらくこうした女性への恐怖はレーヴィの生涯にわたって存在し、彼の心に重くのしかかっていた。後の「リリス」「アラクネー」「デリラ」にもこの種の恐怖は表れている。

「一九四六年二月一一日」はこの時期の詩としては異色のものである。この詩はある日付を題にしているが、この種の題は本詩集ではあと二つしかない。一つは「一九四四年二月二五日」で、これは恋人だったヴァンダ・マエストロを歌っている。そして「一九八〇年七月一二日」は妻のルチーアに捧げられている。レーヴィは大事な女性を詩に書く時、日付を題にしている。「一九四六年二月一一日」はレーヴィが生の世界に帰るきっかけを表現している。「この世界は神の過ちであり、／ぼくはその世界の中の過ちであると」考えていたレーヴィは、当時大学生であったあるユダヤ人女性と出会った。それが後に妻となるルチーア・モルプルゴである。二人は恋に落ち、レーヴィは新たな生活を築き上げるきっかけを得た。この詩にはその喜びが歌われている。ヴァンダへの詩が書かれてから約一月後のことだった。

ルチーアを歌ったもう一つの詩は約四カ月半後に書かれた**「アヴィリアーナ」**である。レーヴィは仕事の都合でトリーノに帰らず、アヴィリアーナに留まった時にこの詩を書いたと思える。この詩には他の詩になかった余裕が見られるし、ユーモアも感じられる。また蛍(ルッチョーラ)とルチーアの名前が似通っている点をあげて、言葉の遊びもしている。そして彼がルチーアとの結婚を考えていることが読み取れる。未来に向けて一歩を踏み出す気持ちが表れている詩なのだ(二人は一九四七年九月に結婚した)。この詩を最後に一九四三—四六年の初期の詩の一群は終わる。この詩が最後であるなら、彼の生涯が幸福になる予感だけで読書を終えられただろう。だが現実はそうならなかった。

二・二　中期の詩

一九四九年から一九七七年まではレーヴィにとって詩作の停滞期だった。この二八年間に、レーヴィは一二編の詩しか書いていない。これらの詩を読むと、結婚後のレーヴィの人生はアウシュヴィッツの暗雲を払った、バラ色のものではなかったことが分かる。結婚した後で初めて書かれた詩「**待機**」では、ファシズムの暴力と圧政を不安視する気持ちが表現されている。未来の暗雲を恐れる気持ちは強迫観念のようにレーヴィの心をおののかせている。結婚しても、「起床」で見られたような、いつもの強迫観念があい変わらず押し寄せているのは、レーヴィの人生を考えるうえで象徴的なことと思える。

「**墓碑銘**」はレーヴィの生涯を考えるうえで非常に大事な詩である。彼は一九四三年一〇月に、仲間とともに、ヴァル・ダオスタ州の山岳地帯で武装レジスタンス闘争を始めた。そして一二月にファシスト軍の掃討に遭い、捕らえられ、フォッソリの中継収容所に送られた後、アウシュヴィッツ強制収容所に移送された。彼のレジスタンス闘争は三カ月ほどしか続かなかったが、その中で彼にとって決定的とも言える出来事が起きた。仲間の中から規律違反を犯したものが出て、隊規により処刑することを余儀なくされたのだ。レーヴィはこの処刑に直接手を下したわけではなかったようだが、この件は彼の心に大きな傷として残った。彼はこの処刑について『これが人間か』では簡単に触れることしかできず、後の『周期律』の「金」という章で事の次第をやや詳しく書いた。

「私たちの間では、各々の心にある痛ましい秘密が重荷になっていた……それは私たちを逮捕の危険にさらし、数日前、いかなる抵抗の意志も、生きる意欲さえ消した秘密だった。私たちは良心において刑罰を実行するように強いられ、事実実行したのだが、心は破壊され、空虚となり、すべてが終わり、自分たち自身の生も終わらせたいと思うようになっていた」(『周期律』二〇三—二〇四頁)。

しかしこの文章でも、何が起きたのか、具体的には書かれておらず、その後も書かれずに終わった。この事件をあつかった詩が「墓碑銘」である。彼は散文では書けなかった心の内を詩で表現している。

この詩は殺されて、山の中に埋められたパルチザンの仲間が、めったに通らない通行人に呼びかける形で書かれている。彼は恨み辛みを言うのではなく、自分をそのまま放置してくれるように要求する。そして同じ悲劇が再度繰り返されないことを願う。レーヴィはあえて死者の側に立って、レジスタンス闘争の暗部を、その無益さを訴えている。こうした立場は、当時は反時代的であった。戦後のイタリアはファシズムと戦ったレジスタンス闘争をある種の免罪符にして、戦後の世界を歩んだ歴史があるからだ。その中でレジスタンス闘争は、自由を求めて全体主義と戦った輝かしい歴史の一コマであり、批判の対象ではなかった。だがレジスタンス闘争の暗部を身にしみて理解していたレーヴィは、こうした傾向に疑問を投げかけざるを得なかった。そのためこの詩が書かれたのである。しかしレーヴィは散文でこうした立場を公にはしなかった。レジスタンス闘争への否定的評価は、一九八一年に書かれた「パルティージャ」にも受け継がれている。

なお詩に書かれているミッカとはパルチザンのあだ名で、一七〇六年にフランス軍と戦い、英雄的な死を遂げたサヴォイア軍兵士ピエトロ・ミッカ(一六七七—一七〇六)の名から採られている。

「**鳥の歌(II)**」はいつまでもつきまとってくる死に神としての鳥を歌っている。鳥は休息を奪い、眠りを妨げ、死ぬまで執拗につきまとってくる。この詩はアウシュヴィッツの虐殺を引き起こした、アイヒマンのような人物に向けられていると考えられるが、自分自身に向けられているとも読める。読むものの不安をかき立てるような詩だ。

「**百人の男たち**」も不安に満ちた詩だ。この詩は人間の手では制御できない邪悪な力、凶暴な力を表現しているように思える。だが一方では無益に殺された罪なき人々の亡霊が、首謀者に襲いかかってくるさまを描いているとも読める。闇の中からわき出してくる圧倒的な存在に、おじけ、おびえる心境が描かれている。なおレーヴィはこの詩を短編集『形の欠陥』の冒頭の扉に、巻頭詩として掲げた。

「**アドルフ・アイヒマンへ**」はレーヴィには珍しく、負の感情がむき出しになった詩だ。アイヒマンはゲシュタポのユダヤ人移送局長官で、アウシュヴィッツ強制収容所へのユダヤ人大量移送に係わった人物である(彼は戦後アルゼンチンに逃亡したが、一九六〇年に逮捕され、裁判後、六二年に処刑された)。レーヴィはこの虐殺の首謀者への怒りを、かなり生の形で表現している。だが直前の二つの詩に見られるように、眠れぬ夜を過ごすように、という呪いの言葉を投げつけることが主軸になっている。多くの死者の霊が訪れ、悪夢を見させる。それが一番苦しい責め苦である、とレーヴィは考えていたようだ。だが残酷にも、この責め苦は後に自分自身にも降りかかってきたのである。

「**最後の顕現**」はやや宗教的な傾向を見せている。道を行く卑しいものが実は神の仮の姿であったという考えは、中世ヨーロッパに流布していたが、この詩はそうした考えを踏まえ、ナチの迫害を受けたものたちを助けなかった人々を断罪している。慈悲を施さなかった人々への報いが、やはり死者の側からの裁きとしてもたらされる、という考えが表明されている。この詩はラトビア出身のドイツの詩人、ヴェルナー・ベルゲングリューンの「最後の顕現」を比較的自由に訳したものである。ベルゲングリューンの「最後の顕現」は一九四四年に書かれ、ナチを批判する詩として密かに読まれたという。

「**上陸**」は語るべきことを語り、重荷を下ろした男のことを歌っている。男は荷を下ろしたが、その先のことが見えない。休んでいるが、未来は見えない。ほっとするところもあるが、不安もある。必ずしも楽観的な詩ではない。なおこの詩の前半はハイネの『歌の本』「北海」の「港にて」を書き換えたもので、レーヴィは二冊目の詩集の題『ブレーメンの居酒屋』を、この詩の一節から採った。

「**リリス**」はレーヴィが生涯悩まされた否定的な女性像を歌っている。リリスは自分では子供を産まずに、他人の子供を殺そうとする。ある種の悪霊で、肉体も平安もない幽霊しか生まない。彼女はある種の絶対的な否定的価値の象徴である。レーヴィは同題名の短編「リリス」を書いている。

「**始原に**」ではビッグバンが歌われている。レーヴィは科学全般に興味を持ち、英語の雑誌を購読するなど、情報を集めていた。この詩ではある爆発が、逆向きの大破局が宇宙を作り、生命を生み出すさまが語られる。それは人間の尺度を超えた、膨大な時間の流れの末に起きた出来事だ。人間の卑小さ、そしてその中の一員である自分。この詩でレーヴィのペシミズムは宇宙的規模に拡大されている。

「**チーニャ街**」はトリーノ北部にあるフランチェスコ・チーニャ街のことで、レーヴィの勤務先のシーヴァ社があったセッティモ・トリネーゼに行き帰りする際に、必ず通る道だった。この詩は彼が同社を退職する一年前に書かれた。おそらく仕事で疲れ切ってトリーノに帰ってきた時の渋滞を歌っているのだろう。この詩では、レーヴィは長く生きるよりも、一晩で命を使い切ることにあこがれている。

「**黒い星**」とはブラックホールのことである。巨大な重力のため、光さえ吸収してしまう星。その星の恐ろしさをレーヴィは歌っている。人類は無のために生き、無のために死ぬ。ここでも宇宙的なペシミズムが表出されている。

「いとまごい」は聖書を踏まえている。ペトロはガリラヤ湖で漁師をしていたが、キリストと出会い、キリスト教徒になり、漁師をやめて、キリストについて行くことになった。ここでは彼らの出発前の一夜と、おのおのが自らの運命に従って旅に出ることが語られる。キリストもペトロも十字架にかけられるのだが、その運命に向かって旅立って行くのである。

中期の停滞期の作品を見てみると、ペシミスティックな作品が多いことに気づかされる。そして死んだものたちが押し寄せ、夜の安寧が破られる悪夢が語られる。仕事と執筆にせいを出していた、作家として充実した時期だったが、レーヴィの心の中は必ずしも穏やかではなかった。

二・三　後期の詩

「プリニウス」が書かれた一九七八年五月から、一九八四年六月まで、つまりレーヴィが本詩集を編んだ際に最後に置いた詩「チェスII」まで、レーヴィは三五編の詩を書いている。この頃は彼の詩を書く創作意欲が一番高まっていた時期だった。

この後期の詩にはそれまでの時期にない特徴が見られる。詩の表現の幅が広がり、詩人として多様な面を見せるようになるのである。その第一は歴史上の人物を登場させていることである。第二は動植物を歌った詩があることで、第三はペシミズムの色が濃くなり、自殺願望が見えることである。ここではまず第一の歴史的人物をあつかった詩を、書かれた順番に見ていくことにする。

《歴史上の人物》

歴史的人物としてまず登場するのは「**プリニウス**」だ。プリニウスはレーヴィの好みの人物だろう。さらなる知を求めて、危険をかえりみず、未知なる領域に挑むある種の文化的英雄だからだ。プリニウスの船出には、レーヴィが『これが人間か』で取り上げたオデュッセウスの船出を思わせるところがある(『これが人間か』「オデュッセウスの歌」参照)。両者ともさらなる知を求めて、命がけの航海に出るからだ。そしてレーヴィがプリニウスに見ているのは、迫り来る死への自覚である。この詩はプリニウスの遺書だ。もう帰れないことを意識している。レーヴィは死へ旅立つプリニウスに自分自身を重ねている。そしてここでも、身体を構成していた原子は死後、様々な形で循環するという、『周期律』の「炭素」で展開された、生命循環説に似た思想が語られている(「炭素」では石灰岩の中に固定されていた炭素原子が、熱せられて、二酸化炭素になり、それがブドウに吸収され、ぶどう酒になり、人間に飲まれて、二酸化炭素になって排出され、レバノン杉に吸収され、木食い虫にかじられて、それが蛾になり、死んだ後腐敗して、また二酸化炭素になって、大気圏を巡るという、壮大な炭素の循環の物語が語られている)。

「**ワイナ・カパック**」はインカ帝国末期の皇帝を歌った詩だ。インカ帝国はスペイン人に滅ぼされようとしているが、皇帝の息子たちは相互に争い、侵略者に反撃できない。皇帝は帝国をばらばらにした息子たちの不和を嘆くが、その原因である黄金をあえてスペイン人に与えようとする。それは不和で彼らの国を分断するためだ。この詩は初出では「黄金と憎しみ」という題だったが、詩集では題名が変えられた。この詩は憎しみのもとになるものをわざわざ手に入れようとする人間の愚かさをあざ笑っている。このワイナ・カパックも、死の床にあって、死を意識している人物である。なおソーマとはかつてのイタリアの重量、容積単位で、地方により異なっていたが、およそ七〇から一七〇kgであった。

「**自叙伝**」のエンペドクレスは四元素説を唱えた古代の哲学者であり、この詩では生命の循環が語られている。これは「炭素」で語られた、炭素原子の循環を彷彿とさせ、様々な生命体の姿をとって循環するさまは、終わりなき生命の讃歌のように見える。この詩もエンペドクレスの遺書のようなものだ。なぜなら彼はエトナ山の火口に自ら身を投げたという、自殺の伝承のある哲学者だからだ。レーヴィはあえて自殺伝説のある哲学者を自らの先人と見立てている。生命の循環と自殺、この二点がレーヴィにこの詩の着想を与えたと思える。

「**星界の報告**」はガリレオ・ガリレイが書いた同名の著書を題名にしている。彼は天文学上の様々な画期的発見をして世界を驚かせたが、地動説を唱えたため、教会の怒りに触れ、裁判の末に地動説の撤回を命じられた。ガリレオ・ガリレイは文化的な英雄だが、晩年は深い苦渋を味わった。そうした彼の運命への共感がこの詩にはあるが、レーヴィは自分の身の上とガリレオ・ガリレイのそれとを重ね合わせてもいる。それは彼を追及した人たちが「どこにでもいる」普通の顔をしていた、という詩句に現れている。レーヴィをアウシュヴィッツ強制収容所で苦しめたドイツ人たちも、異常な怪物のような人たちではなく、「普通の顔」をした、普通の人たちだったのだ(『溺れるものと救われるもの』二二八頁参照)。ここで挫折した天文学者とレーヴィの体験は重なり、過去も今も同じような迫害が飽きもせずに繰り返される、という慨嘆が示されるのである。

こうした歴史的人物の詩を検討してみると、レーヴィの厭世主義や、死に傾斜し、死を意識する姿勢が見えてくる。この傾向は他のジャンルの詩でも見られるので、この時期の特徴と見なすことができるだろう。

《動植物の詩》

動植物に関する詩は「セッティモのカモメ」「木の心」「黒い群れ」「アラクネー」「老いたモグラ」「ネズミ」「リュウゼツラン」「真珠貝」「カタツムリ」「象」「敬虔」と、一一編ある。初期、中期には鳥に関する二編の詩しかなかったことを考えると、この数の増加は目を引く。レーヴィは動植物に関する詩についてこう言っている。「私は〔動植物に〕愛情を感じているが、それは一方的なもので、部分的にしか充足できていない」。彼は特にあまり注目を引かない動植物への愛を語り、こう述べている。「動物には偉大なところと卑小なところ、叡智と狂気、寛大さと卑劣さがある。そうしたものはある種の象徴で、人間のあらゆる美徳と悪癖の擬人化である」。

レーヴィは人間以外の動植物の生き方に興味を持ち、多大な関心とある種のあこがれに似た気持ちを抱いていたと思える。ここにはレーヴィの人間嫌い的な側面もかいま見える。彼はある種の象徴として、動植物を描いた。だがその内容に注目すると、三種類に大別できるだろう。動植物を肯定的に見ているもの、否定的に見ているもの、そしてある種の悲劇の主人公と見ているもの、の三種類である。

「セッティモのカモメ」は全長六五〇kmに及ぶイタリア最長の大河、ポー川をさかのぼり、トリーノの付近のセッティモ・トリネーゼに定着したカモメの群れのことを歌っている(セッティモにはレーヴィの勤務先、シーヴァ社があった)。河口付近の町クレスピーノからトリーノまでは四〇〇kmほどあるのだが、カモメはその距離をものともせず、魚類などの元来のえさを捨て、都市の残飯をあさりながら川沿いに西進し、トリーノまでたどり着いた。その進出のさまを、川沿いの都市名をあげながら、レーヴィは歌っている。だが彼はそのたくましさに感心しつつも、自分たち本来の環境を捨てた行為には好意的ではなく、自然な秩序を破壊する不吉な影を見ていると思える。

動植物を好意的に見ていない他の詩としては「黒い群れ」と「アラクネー」があげられるだろう。

「黒い群れ」は市電のレールの脇に巣を設け、レールの上に行列を作るアリたちの姿を歌っている。愚かな選択をしたアリたちに同情しつつも、詩人はその愚かさを許せない。このアリたちは象徴である。この詩はダンテの『神曲』煉獄篇XXVI三四を踏まえていて、黒い群れとは煉獄に落ちた色欲者たちを象徴しているとも考えられる。レーヴィは彼らにある種の嫌悪感を抱いている。だからレーヴィはこの群れについて「書きたくない」のだ。この詩にもレーヴィの引用癖が顔を出している。

「アラクネー」はギリシア神話に登場する伝説上の織姫で、自らの腕にうぬぼれ、女神アテネに挑戦したが、女神はその傲慢さに腹を立てて、蜘蛛に姿を変え、永遠に織物を織るようにさせた。レーヴィは雌蜘蛛を残忍な狩人に仕立て、網にかかる昆虫だけでなく、蜘蛛の雄をも食らう怪物のような存在にしている。この詩には言葉遣いにユーモアが見られ、他の動植物の詩に通ずるところもあるのだが、以前に出てきた「魔女」や「リリス」に共通する、男を破滅させる女性像を提示していて、この種の女性像がレーヴィの心の重荷になっていたことをうかがわせる。

「ネズミ」は人生の残り時間が少ないことを告げに来る存在だ。だがこのネズミはこそこそした存在ではなく、横柄で傲慢で、レーヴィに説教をたれる。レーヴィはそれにいらだつが、事実は重い。ネズミは鳥と同じように、死を告げる不吉な存在だ。ここに死の影が差している。

《好ましい動植物》

トリーノの町の大通りにはマロニエの木が植えられ、美しい街路樹の並木が形成されている。レーヴィが住んでいたウンベルト王通りにも立派なマロニエの並木道があるのだが、レーヴィはその一本を

「**木の心**」に歌った。そのマロニエの木は彼が生まれた頃に植えられたので、親近感を持っていたのだ。その木は必ずしも良い環境のもとで育っているわけではない。往来する市電に根を踏まれ、毒を含む水を地下から吸っている。だがゆったりとした木の心を持っている。レーヴィの、人間以外の動植物への興味、あこがれの片鱗が、ここに出ている。彼は木の生きざまを好意的に見ている。人間に対する嫌悪感が募る一方、動植物への興味と愛が語られるのだ。

「**老いたモグラ**」は晩年のレーヴィの新境地をうかがわせる作品だ。この詩で歌われているモグラは年老いて自分の世界にこもっている。それは暗闇の世界で、目は役に立たず、嗅覚と音が主となる。モグラは自分の世界にひたりきっていて、もう雌を追い求めることもしない。このように自足した存在がレーヴィの詩に現れるのは珍しい。この詩の主人公は世界を避け、地中にこもり、闇の中に平安を見いだしている。そして雌の気配がしたら、そっと方向を変える。これは晩年のレーヴィの気持ちを代弁しているのだろう。そして新月の夜に憑き物が憑くというのも、晩年の彼の心境を語っていると思える(ただレーヴィは「老いたモグラ」という言葉をシェイクスピアの『ハムレット』からの引用であると注記している。『ハムレット』では「老いたモグラ」という言葉は、殺された父王の亡霊を指す。したがってこの場合の憑き物とは、死んだ父王の執念を指している可能性もある)。

「**リュウゼツラン**」は人間と違う生き物を描いている。リュウゼツランは美しくなく、葉の縁がぎざぎざで人をよせつけない。異国からやって来た孤高の存在だ。そして数十年にいっぺん花をつけるが、花が咲くと枯れてしまう。レーヴィはこの植物に愛着を覚え、この詩を書いた。異国からやって来て、イタリアに根付いたユダヤ人の運命と、リュウゼツランを重ね合わせ、その中に自らを見ているのかもしれない。花を咲かせ、「明日死ぬ」と高らかに叫ぶ植物の姿にレーヴィは共感している。ここでレーヴィは死を意識している。

「**真珠貝**」は声を発しない貝を主人公にしている。人間には岩にへばりついている無力な存在に思えても、真珠貝には独自の生の営みがあり、自分の世界を持っている。そして人間に似ている。それは外套膜を傷つける異物が入り込んだら、それに真珠層をかぶせ、無傷のものに変える力を持っているからだ。レーヴィは『これが人間か』で、アウシュヴィッツ強制収容所に適応する能力を、真珠貝の持つ能力になぞらえた。このことを念頭に、レーヴィは真珠貝の生き方に共感を覚えている。

「**カタツムリ**」とは「もし宇宙が敵なら／自分を静かに封印するすべを心得ている」生き物だ。危険を避け、殻に閉じこもって難を逃れる。この生き方にレーヴィは親近感を抱いている。そして雌雄同体で、性交は必要だが、場合によっては自家生殖も可能なこと、つまり自分だけで生きられることにレーヴィは興味を持ち、惹かれている。カタツムリは彼にとって理想的な生き物なのだろう。「老いたモグラ」「真珠貝」「カタツムリ」では、歌われている生き物への愛情が感じられる。晩年のレーヴィのペシミズムから離れた存在として、これらの生き物がいる。彼らは晩年のレーヴィの救いになっている。

《象と牛》

「**象**」はポエニ戦争の時、アフリカからイタリア半島に連れてこられた生き物の悲劇を歌っている。象はアルプス山中で、今まで見たこともなかった氷に足をすべらせ、死ぬことになった。象を連れ出した張本人であり、当時は目が見えなくなっていたハンニバルは、槍でとどめを刺そうとしたができなかった。象は雪の中でむなしく死んでいった。この象は暖かなイタリアから連れ出され、ポーランドの冬の極寒の中で倒れていったイタリアのユダヤ人たちを思わせる。「馬鹿げている」という象の叫びは彼らのものだ。レーヴィは象に仮託して、人間の愚かさと、その犠牲になったものたちの運命を嘆き、悼み、心を寄せている。

「敬虔」は去勢され、おとなしくなり、外見は敬虔と見える雄牛の詩だ。これもまた人間の都合で運命を狂わされた動物の悲劇を歌っている。「敬虔」という言葉はノーベル文学賞を受賞したイタリアの詩人ジョズエ・カルドゥッチの詩からとられている。カルドゥッチはおとなしい雄牛の優しさを詩で称揚したが、レーヴィはおとなしさの原因である去勢の暴力性を断罪している。雄牛を非暴力的存在にするには暴力が必要だった。その矛盾をついている。雄牛は去勢に苦しみ、詩を書かれても心は晴れない。この雄牛の存在は「象」に通じている。ただ動物を主人公にしている詩にはユーモラスな面もある。この詩は特に言葉遣いがユーモラスで、その点が救いになっている。

レーヴィの動植物を主人公にした詩の中で、動物を悪や死の象徴と否定的にとらえる詩は、従来の彼の詩の延長線上にあると言えるだろう。鳥以外の動物も、彼にとって悪や死の象徴となったのだ。だが一方で動植物の存在の仕方にあこがれる詩が出てきたことは注目に値する。これは置かれた自分の状況へのアンチテーゼであり、理想的なあり方を示している。だがその理想は孤立であり、引きこもりであり、性交のない生殖なのだ。レーヴィの安らぎを求める気持ちは人間の世界をはみ出し、未知の動植物の世界に向かっている。彼の厭世主義は人間世界の否定へと彼を導いていくように見える。

「象」と「敬虔」の雄牛は人間の横暴の犠牲である。この詩には作者の怒りと、犠牲者への同情が見られる。そしてレーヴィには珍しく、怒りがかなり生の形で表現されている。これも後期の詩の特徴だ。

《それ以外の詩》

レーヴィの後期の詩で、歴史上の人物と動植物以外をあつかった詩を見てみよう。「**ポンペイの少女**」はおそらくポンペイを訪れ、そこで石膏の人物像を見たことで触発された詩だろう。ポンペイで死んだ人たちの上に火山灰が降り積もり、長い年月を経て、死体が腐敗してなくなると、石化した火山灰の中の、身体のあった部分が空洞として残る。そこに石膏を流し入れると、死んだ状況をそのままに再現した石膏像ができる。ポンペイではそうした像がいくつも展示されているが、レーヴィはある少女の像に注目してこの詩を書いた。彼は「人の苦しみはみな自分のものだから」と書いている。彼は少女の断末魔の苦悶を再体験し、それをアウシュヴィッツ強制収容所で死んだアンネ・フランクや、広島で原爆の犠牲になり、人の形の影だけを残して死んだ少女の苦悶に重ね合わせる。古代から現代にいたるまで、人の苦しみが永遠に繰り返されることにいきどおり、核戦争の勃発を戒めることで詩は終わる。核への恐怖が表現された詩で、レーヴィのヒューマニスト的側面が見られる。

「**受胎告知**」とは『聖書』にある逸話で、それをもとに数多くの絵が描かれているが、それによると、大天使ガブリエルが処女であるマリアのもとを訪れ、マリアが精霊の力で、神の子キリストを身ごもったことを告知するのである。マリアは戸惑いながらも、それを受け入れる。一方レーヴィの「受胎告知」で妊娠を告げるのは、大天使ガブリエルではなく、「無と暗闇」の彼方からやって来た猛禽類の翼を持つ天使で、身ごもった女に恐ろしいことを告げる。この詩は聖書の「受胎告知」のパロディだが、内容はグロテスクで恐怖に満ちている。身ごもっている子供は将来世界を「恐怖で支配し」、世界を破壊するものなのだ。この詩には、ヒトラーのような人間がまた現れ、破壊と死が世界を覆うことへの恐怖が表現されている。レーヴィはこうした恐怖から逃れられなかった。この詩はそれを証言している。

なおレーヴィはこの「受胎告知」という詩をめぐる、どちらかといえばユーモラスな短編、「逃げていく傑作」(短編集『リリス』所収)を書いていて、その中で「受胎告知」という詩が傑作であるとしている。

「谷底へ」はレーヴィのペシミズムが色濃く出ている作品だ。秋が終わり、冬がやってくるが、それはすべての季節の終わりだ。そして詩人は下方に降りて行く。もう時は尽き、「生きるにも愛するにも、遅すぎる」。ただ「表情の消えた無言の顔を掲げて、谷底へ」降りて行くのだ。この表情の消えた無言の顔とは、アウシュヴィッツ強制収容所の「囚人」たち、レーヴィの言う「溺れたものたち」のことだろう。レーヴィはアウシュヴィッツ強制収容所で死んだものたちを意識してこの詩を書いているが、自分自身の時も尽きて、死を考えるようになっていると思える。

「初めての世界地図」は言葉の遊びを中心にしたユーモラスな詩だ。ある国名とイタリア語の似た言葉から連想されるものや、地図上のある国の形から想像されるものが書かれている。例えば冒頭の「アビシニアは深淵の国」という詩句は、Abissinia という国名と abissale(深淵の)というイタリア語の形容詞の音が似ていることから連想されたものだし、「イタリアはかかとが異常に長いおかしな長靴」という詩句は、イタリア半島の形が長靴に似ているという、有名な連想から来ている。レーヴィは言葉遊びを好む面があって、短編では回文をテーマにした「渦を巻く熱気」(短編集『リリス』所収)を書いている。この詩は本詩集の中では異色のものである。

「一九八〇年七月一二日」は妻のルチーアの六〇歳の誕生日に捧げられた詩だ。以前のレーヴィの日付を題にした詩の一つは妻に捧げられているので、これは妻への詩の新たな例だ。この詩で彼は、三三年ほど結婚生活をして、苦労をかけた妻をいたわり、慰めている。詩集全体も妻のルチーアに捧げられているので、妻を愛し、ねぎらう気持ちが伝わってくる。この詩も詩集全体では異彩を放っている。

《伝えることの難しさ》

「**声**」は伝達の難しさと、それを反省しないものたちについて語っている。伝えたくても伝えられない声がある。そして言葉に酔って、他の声に耳を貸さないものたちがいる。辺獄とは地獄の外周にあり、キリスト教誕生以前の古代の賢人などがいるところで、そこには悪鬼による激しい責め苦はない。だがここでレーヴィの言う辺獄とは完全な孤独状態、あるいは伝え理解させる、コミュニケーションがまったくできない状態のことだ。人間がたどるべき最後の道のりの孤独をレーヴィは歌っている。それは決して楽しいものではない。この詩で引用されているフランソワ・ヴィヨンの詩の題は「遺言」である。そしてこの八行からなる連の最後の二行で、ヴィヨンは「神様にお縋り申してみんな覚えておくことだ、／いつかはきっと死ぬ日が巡ってくるということを」と書いている。レーヴィはヴィヨンを引用しながら、死を意識し、遺言のようなものとしてこの詩を書いたと思える。

なおネペンテスとはホメーロス『オデュッセイア』に出てくる、痛みを和らげ、忘却を誘う妙薬を指している。

「**未決書類**」では様々な仕事を果たせずに辞めていく無念さが語られている。そして特に多くの人にとって恵みとなるような、偉大な作品の可能性を秘めた、書き残しの本のことが語られる。仕事をやり残したという心残りはあるが、それを覆して積極的に生きようという気概はもうない。すでに人生をあきらめているようで、レーヴィの別れの言葉のように読める。ここにあるのはペシミズムではなく、終わりを悟った達観のようなものだろう。

「**パルティージャ**」はかつてのパルチザンの仲間を意識し、批判した詩である。「墓碑銘」のところで述べたように、レーヴィは仲間を処刑しなければならなかった経験から、レジスタンス闘争を肯定的には見ていなかった。その立場がこの詩でも表明されている。戦後パルチザンたちはその戦歴により、社会でそれなりの地位を得た。だがかつての「確信の時代」は終わり、もはや以前のパルチザン仲間はお互いを信用せず、「みながみなの敵」になっている。すでに一枚岩的な団結は難しくなっている。レーヴィはこうした状況の中で、また戦うようにかつての仲間たちに呼びかけているが、これは皮肉だろう。

なお二行目に出てくる、「ターザン、縮れ毛、ハイタカ、稲妻、ウリッセ〔オデュッセウスのイタリア語読み〕」というのはパルチザンのあだ名で、当時は身元を隠すため、あだ名で呼び合っていた。

「**二〇〇〇年**」。この詩が書かれた一九八二年から一八年後に二〇〇〇年がやってくる。だがレーヴィは死を意識していて、生きたままこの年代には到達できないことを知っていた。二〇〇〇年という年が決して明るくないことを予感しつつ、自分がそれまで生きられないことをあきらめているように読める。

「**過越の祭**」はユダヤ教の祭で、モーセがエジプトで奴隷状態に置かれていたイスラエルの民をパレスチナに脱出させたという、『聖書』にある故事に由来し、酵母の入らないパンを食べる習慣がある。レーヴィはユダヤ人の過去をしのび、苦難の歴史に思いをはせる。過去と現在が交錯し、過去の出来事が現在の出来事に、また逆のことも起きる。最後の二行、「今年は恐れと恥辱に身を置いたが、／来るべき年は正義と美徳にあふれてほしい」という言葉はレーヴィの心からの願いだろう。

「**退役船**」は壊れかけの老船を歌っている。ぼろぼろで、壊れかけていて、外見も恐ろしいほどに汚れているが、まだその中に活力が、狂気が残っていて、なおも沖を目指そうとしている。晩年のレーヴィの境地を表しているようで、その直後の「老いたモグラ」に共通するところがある。だが「老いたモグラ」にはほのぼのとしたところがあるのに反して、「退役船」の言葉遣いはより荒々しく、乾いている。荒削りの言葉と、乾いた不毛なイメージが前面に出ているが、この詩は美しい。それは先のない生を生きるレーヴィの気持ちが、素直に、直截的に表現されているからだと思う。

《「ある橋」以降》

トリーノの北方にある町、ランツォには「悪魔の橋」と呼ばれる橋があるのだが、「**ある橋**」はその橋を歌っている(レーヴィはこの橋のことをテージオとのインタビューで、詩の着想の源になった、と語っている)。イタリア各地には悪魔の橋に関する伝承がいくつも残されている。それによると、ある場所で川に橋を架けたが、そのたびに何度も流されてしまった。その時に悪魔がやって来て、魂と引き替えにするという条件で、一夜で立派な橋を架けてしまったというような伝承である。「ある橋」の中の、「ある邪悪な取り決めの産物」とは、こうした伝承を意識した詩句だと思える。だがこの橋は牧歌的な橋ではない。石材は互いにせめぎ合い、岸辺を強く圧迫し、岸辺の岩を破壊する。そして自分自身は石材のきしみで身を削られ、少しずつ砂になっていく。この橋は不安をかき立てるような種類の橋だ。自分を内部から破壊しようとしているからだ。そしてレーヴィはさらにこう書いている。「もしおまえが橋を半分歩いて立ち止まり、／下までの高さを測って、明日生きることに意味があるか／自問するなら、それを喜ぶのだ」。この詩句は不吉な響きを持っている。橋を作った悪魔が、下に飛び降りるように誘惑しているのだ。この詩句で、レーヴィが飛び降り自殺を考えていたことが分かる。一九八二年の時点で、彼は自分自身の生を放棄する誘惑に駆られていた。

「**作品**」は言葉で作品を作ること、この場合はおそらく詩だろうが、創造の喜びを歌っている。作品を仕上げた満足感と、作品が手元から離れる寂しさが素直に歌われている。そして「作品が一つ生まれるたびに、おまえは少し死ぬのだ」という詩句はやや不吉に響く。

「**夜衛**《ナハトヴァッヘ》」は『聖書』の「イザヤ書」を下敷きにしている。イザヤはイスラエル王国の預言者で、神を敬わないイスラエルの民に警告を発したが、民は聞き入れず、結局アッシリアとバビロニアに滅ぼされることになった。この詩は滅亡に向かうイスラエルの民の状況を描いている。滅亡の兆しがいたるところに現れているが、まだ道は半ばで、「夜はまだ半分過ぎた」だけなのだ。この詩は第二次世界大戦前夜の状況を念頭に置いていると思われ、また同じ悲劇が繰り返されることを恐れる気持ちが見られる。一見静かな詩だが、その内容は不気味で、迫り来る破局への暗い予感が全編を覆っている。

「**ある仕事**」は詩人の仕事を歌っている。言葉を火に引かれて飛んでくる蛾に喩えるのは、短編「逃げていく傑作」でも見られた表現である。この詩から、レーヴィが詩人という仕事を好み、誇りを持っていたことが分かる。彼は過去の伝統をかえりみて、古代の詩人に思いをはせている。彼は様々な詩人により形成された文学的伝統を重視し、尊重していた。インタビューで彼は、詩はたまにしか書けないし、自分は詩人ではないと言っていたが、内心では詩作に興味を持ち、楽しんでいたと思える。

「**逃亡**」は岩だらけの大地を逃げていくものを歌っている。彼はのどが渇いているが、水はない。水がないことへの恐怖が表現されている。「残忍な夢としての水」という表現は、アウシュヴィッツ強制収容所で、レーヴィがのどの渇きに苦しめられたいくつかの状況を思い出させる。レーヴィは飢えと比べて、渇きの苦痛のほうがずっと切実だった、と『溺れるものと救われるもの』(八二頁)で書いている。飢えとは違って、渇きは「戦いを決して止めなかった。飢えは気力を奪ったが、渇きは神経をかき乱した」のである。この詩では最後に、のどの渇きが癒やされなかったことへの絶望が語られる。救いが遠いことを感じさせる詩である。

二・四　メドゥーサの顔を見ること

「生き残り」では冒頭に、コウルリッジの詩句「予期せぬ時に」が使われている。そしてそれは詩集のタイトルにもなっている。「予期せぬ時に」という言葉は序文でも引かれているから、素直に読むなら、詩のインスピレーションが降りてくる、めったにない時を指していると考えられる。だがこの詩では別の意味に使われている。アウシュヴィッツ強制収容所で死んだものたちがやって来る時のことを指しているのだ。

この詩では、レーヴィにとって重荷になっていたいくつかの苦しみが語られる。初めのものは、訴えかけても聞いてもらえないという苦しみだ。この詩では、四行目までが、コウルリッジの「古老の船乗り」からの引用である。ただしコウルリッジの詩では、三行目は「恐ろしい体験談を語り終えるまでは」となっているところを、レーヴィは「そして話を聞いてくれるものが見つからないなら」と書き換えている。レーヴィにとってアウシュヴィッツ強制収容所の体験を語ることは、自分自身の存在意義に関わる重要な問題だった。だが彼の言葉に耳を貸さないものたちがいた。自分の話を聞いてもらえないという体験は、彼の心を深く傷つけ(例えば『休戦』八六―八八頁でそのことが語られている)、それが終生彼を苦しめた。この三行目の詩句の書き換えに彼の傷ついた心のさまが読み取れる。

そしてその次に目の前に現れるのは溺れたものたち、死者たちである。彼らは重労働の末に「セメントの粉で灰色に染まり」「不安な夢でもう死の色に染めあげられている」。そして夜の不安な夢の中で、「ありもしない蕪をかじ」んでいる。ここではアウシュヴィッツ強制収容所の悪夢がまざまざとよみがえり、死の恐怖でレーヴィを押しつぶす。そしてこうした死者の群れが、レーヴィをとがめるようにして押し寄せるのだ。レーヴィは叫ぶ。自分は「灰色の領域」に属するものたちとは違う。安易にナチに協力したカポーたちとは違う。自分はだれのパンも奪わなかった。だから彼らがまた死者の世界に帰ってほしい、と。だがこう言いながらも、自分の心の中で疑念がふくれあがり、それが彼を苦しめる。自分はだれかの地位を奪って生き残り、今この場所にいるのではないか、という疑念だ。

レーヴィはそのことを『溺れるものと救われるもの』でこう書いている。少し長いが引用する。「おまえはだれか別の者に取って代わって生きているという恥辱感を持っていないだろうか。特にもっと寛大で、感受性が強く、より賢明で、より有用で、おまえよりももっと生きるに値するものに取って代わっていないか。おまえはそれを否認できないだろう。おまえは自分の記憶を吟味し、点検するがいい……いや、はっきりした違反はないし、だれの地位も奪っていないし、だれも殴らなかったし……だれのパンも奪わなかった。しかしそれでもそれを否認することはできない。それは単なる仮定だし、疑惑の影である。すべてのものが兄弟を殺したカインで、私たちのおのおのは……隣人の地位を奪い、彼に取って代わって生きている。これは仮定だが、心をむしばむ。これは木食い虫のように非常に深い部分に巣食っている。それは外からは見えないが、心をむしばみ、耳障りな音をたてる」(八四―八五頁)。

散文では「心をむしばみ、耳障りな音をたてる」と書かれている部分を詩で書くと、「下がれ、ここから立ち退け、溺れたものたちよ……」というような表現になるのだ。この詩を読んで分かるのは、一九八四年の時点で、レーヴィの心は明らかに「むしばまれて」いたことだ。「予期せぬ時に」現れたのは、レーヴィが生き残ったことを非難し弾劾する死者の群れだった。これは恐ろしいことだったろう。そしてそれを詩に書くのは、この恐ろしさに形を与えることで、さらなる精神的負担がかかっただろう。だが彼はあえてこの詩を書き、その冒頭にある、「予期せぬ時に」という言葉を詩集のタイトルにした。

あたかもこの詩が詩集の中心であると宣言するかのように。

この詩はレーヴィの最後の魂の叫びであり、遺言のようなものだろう。そして詩集全体が彼の遺書なのだ。レーヴィは最後の行をダンテの『神曲』から引用している。自分にとって最も重要な詩を引用で締めているのだ。ダンテはレーヴィの骨の髄までに同化した詩人だった。レーヴィが引用した部分は、悪行のため、まだ体は地上に残っているのに、魂だけ先に地獄に、氷地獄に堕ちているものについて語っている部分だ。悪人は不条理にも、まだ地上で生きていて、「食べ、飲み、眠り、服を着ている」と説明されている。しかしそのあまりの悪行ゆえに、魂は早々と地獄に堕とされたのだ。

だがこの詩句がレーヴィの詩にはめ込まれると、恐ろしい意味を持ってくる。レーヴィは生きているが、その魂はすでに地獄に堕ち、体だけ抜け殻になって現世にある、と読めてしまうのだ。レーヴィの自責の念がこの詩句を選ばせている。

レーヴィは自分の魂が地獄に堕ちている、あるいは死者たちのいる深淵に堕ちていると考えている。あたかも、現世の自分はもはや形骸化した影のようなもので、この生に意味はない、と言っているかのように。レーヴィは現在の自分の生を否定し、死者たちのいる深淵に引きつけられ、身を投げようとしている。自分を完全に否定するようなこの自責の念は恐ろしい。そしてこの詩は読むものの心を深く揺さぶり、何とも形容のしようがない読後感をもたらす。この詩はレーヴィの文学の一つの到達点で、この到達点の先には何も見えない。山を苦労して登ってみると、山頂の向こうには深淵が黒々と口を開けていて、それ以外には何もないのだ。これは二〇世紀の文学のある種の極地であり、まさに「メドゥーサの顔を見たもの」にしか書けない詩だ。

《締めくくりの詩》

「**おれたちにくれ**」は一九八〇年代にテロリズムに揺れたイタリアを歌ったものだ。当時は左右のテロリズムがイタリアに吹き荒れており、レーヴィの友人であったジャーナリストもテロの犠牲になっていた。レーヴィは破壊を旨とするテロリズムに批判的で、この詩を書いた。彼は一九八六年の「代理委任」という詩で、「建物の残骸や／ゴミ捨て場の悪臭にびっくりしないでほしい。私たちは／それを素手でかたづけたのだ／まだきみたちと同じ年の頃に」と書いている。おそらくファシズムと戦った、自分たちの青年時代と照らし合わせていたのだろう。破壊に酔うものたちの行為の醜さがこの詩では書かれているが、最後の詩句「おれたちに同情してくれ」は、こうしたものたちへの批判としてはとても厳しいものだ。レーヴィは彼らの行動にある種の甘えを見ていて、そうした甘えは許されないという意思をここで明確に表明したと思える。

「**チェス**」では強いクイーンと弱いキングが出てくる。クイーンは果敢に戦い、キングは逃げ回る。そして白の側が勝利する。ここでは強い女が描かれる。だが戦いが終わると、駒は生気を失い、一緒くたにされて、箱に入れられてしまう。駒は駒でしかない。そして戦いは終わってしまったのだ。ユーモアを感じさせる作品だが、戦いを統御しているのは自分たちではなく、戦い自体も(そして人生も?)終わってしまったというある種のむなしさが感じられる。なおレーヴィはチェスが好きで、「怒りっぽいチェス指し」(評論集『他人の仕事』所収)というエッセイで、チェスへの愛を語っている。

「**チェス(II)**」は前のものよりも深刻だ。ここではゲームはもう始まっていて、途中からルールは変えられない。しかも時が迫ってきていて、なすすべがない。ここでなされているのは人生のゲームで、相手のほうがずっと強いのだ。人生が終わりつつある時に、レーヴィにある種のあきらめが出てくる。

彼は運命に勝てない自分をここで提示しているようだ。この詩が最後に置かれているのは暗示的で、最後に人生は負けると言いたいかのようだ。

晩年の詩を検討してみると、ペシミズムは深まり、破滅への予感がますます大きくなっていくことが分かる。そして特に注目すべき詩は「ある橋」で、ここでは自殺願望が投身自殺という形で示されている。一九八二年にはすでに自死を考えていたのだ。晩年のレーヴィのペシミズムが最高度に達したのは「生き残り」だ。この詩を読むと、アウシュヴィッツ強制収容所を生きのびたことが、いかにレーヴィの心の負担になったか、非常によく分かる。この詩を書いて、彼は詩集の中心の詩ができたという手応えを感じたことだろう。本来ならアウシュヴィッツ強制収容所を作ったものたちのもとに行くべきだった死者の群れが、皮肉にもレーヴィの元にやって来て、彼を極限状態にいたるまで苦しめたのだ。この詩を読むと、レーヴィの生がいかに過酷だったか分かり、本当につらい気持ちになる。

レーヴィはナッシンベーニのインタビューで、「アウシュヴィッツ以降、もう詩は書けない」というアドルノの言葉をどう思うかと問われて、こう答えている。「自分の経験はその反対だ。あの当時自分の心の中で重荷になっていたものを表現するのは、散文よりも詩がふさわしいと思っていた。この場合の詩とは、抒情的なものではないが。あの当時だったら、アドルノの言葉をこう言い換えただろう。アウシュヴィッツ以降、アウシュヴィッツ以外のことで詩は書けない、と」。

レーヴィのこの発言は、彼の生涯と詩について考えると、まさにその言葉通りになったと言わざるを得ない。アウシュヴィッツはレーヴィにとって詩の源泉だった。前にも述べたように、彼の詩作の活発だった時期は、彼がアウシュヴィッツ強制収容所と正面から向かい合った時期に一致している。しかしこの悪夢と向かい合う行為には強い毒が含まれていた。レーヴィは二度その毒を飲まされることになった。そしてその結果として、一度目は『これが人間か』を、二度目は『溺れるものと救われるもの』を書くことができた。二つともアウシュヴィッツ強制収容所を語るうえでの基本的文献であり、二〇世紀のイタリア文学の傑作である。

レーヴィが毒を飲まされた一度目は、まだ若くて、体は抵抗できた。だが二度目はそうならなかった。アウシュヴィッツの毒は晩年のレーヴィの鬱病に作用し、それを悪化させた。詩を読むと、その事実は否定できない。そしてレーヴィの自殺の原因は数多く考えられるが、その中には鬱病を亢進させたアウシュヴィッツ体験も含まれていた、と言わざるを得ないのである。

***

レーヴィの主な作品リストは以下の通りである。

『これが人間か』(旧題『アウシュヴィッツは終わらない』)(一九四七、一九五八。邦訳、一九八〇、二〇一七、朝日選書)
『休戦』(一九六三。邦訳、一九九八、朝日新聞社、二〇一〇、岩波文庫)
『天使の蝶』(一九六六。邦訳、二〇〇八、光文社古典新訳文庫)
Vizio di forma, 1971(短編集『形の欠陥』)
『周期律』(一九七五。邦訳、一九九二、二〇一七、工作舎)
L'Osteria di Brema, 1975(詩集『ブレーメンの居酒屋』)

La chiave a stella, 1978（短編集『星型のスパナ』）
La ricerca delle radici, 1981（アンソロジー『根源の探究』）
『リリス』（一九八一。邦訳、二〇一六、晃洋書房）
『今でなければ　いつ』（一九八二。邦訳、一九九二、朝日新聞社）
『予期せぬ時に』（一九八四。邦訳、二〇一九、岩波書店、本書）
L'Altrui mestiere, 1985（評論集『他人の仕事』）
『溺れるものと救われるもの』（一九八六。邦訳、二〇〇〇、朝日新聞社、二〇一四、朝日選書）
Racconti e saggi, 1986（短編集『短編と評論』）

他にエイナウディ社より、プリーモ・レーヴィの全著作集が刊行されている。

本書を翻訳するにあたって、イタリア語の疑問点に対し、トリーノ大学文学部のエルミニア・アルディッシーノ教授から多くの教示、示唆をいただいた。この場でお礼の言葉を述べたい。また本書の翻訳、出版に多大な尽力と助力をして下さった岩波書店編集部の奈倉龍祐氏にもこの場で感謝の言葉を捧げたい。そして本書はイタリア政府（外務・国際協力省）の翻訳出版助成金の対象に選ばれ、その援助を受けて出版されたことも付記したい。二〇一九年はレーヴィ生誕から一〇〇年目の年なので、節目となる年に、彼の詩集がイタリア政府の助成金を得て、日本で出版されるのはとても喜ばしいことである。

二〇一九年三月

竹山博英

＊
＊＊

付　「その他の詩集」と「翻訳詩集」について

ここではレーヴィが生前、詩集に入れなかった二一編の詩について補足解説を試みる。なお「サムソン」「デリラ」は「ソンドリオ民衆銀行会報誌」第四二号（一九八六年一二月）に掲載され、「泥棒」「マリオとヌートに」は生前未発表だった。その他の詩は「ラ・スタンパ」紙に掲載され、「ある谷」「雪解け」「友人たちに」は『短編と評論』（一九八六年）にも収録された。

「ムーサに」はギリシア神話に登場する、詩のインスピレーションを与えてくれる詩神たちに捧げられている。この詩でレーヴィはムーサがまれにしか来ないことを嘆いている。詩人として危機状態にあるのだが、ムーサが助けに来てくれないので、さらにだめになりつつある。そのことを、数多くの、韻を踏んだ詩句で表現していて、それがある種の言葉遊びになっている。ユーモラスな部分が前面に出ている詩である。

「ガルヴァーニ家」は科学の進歩に貢献した、一八世紀のイタリア人科学者をあつかった詩だ。だがこの詩は当事者ではなく、彼らのために働いた人の視点から書かれている。したがって彼らの行動は実に奇妙に見える。ルイージ・ガルヴァーニは蛙を使って生体電気を発見し、ラッザロ・スパッランツァーニは人工授精の研究をした。そのために蛙を大量に必要とし、召使いに獲りに行かせた。だが召使いは何を実験しているか分からず、主人たちは頭がおかしいと断じている。最先端の研究をしている人たちの行動が端から見ると奇妙であるという、認識のずれがここに示されている。だがこの詩を支配しているのはユーモアで、レーヴィの詩でこれほど笑いを誘うものはない。「ムーサに」と「ガルヴァーニ家」は作られた時期から見て、詩集に入れることは可能だった。だがレーヴィはそうしなかった。その理由の一つに、二つともユーモラスな詩で、他の詩と合わないということがあったのかもしれない。

「**十種競技者**」は陸上競技で最も難しいとされる、十種類の競技を行うものを歌っている。この競技者は競技力以外に策略をも用いて、何とか競技を完遂する。だが観客からは口笛を吹かれ、やじられてしまう。しかしもう競技を続ける気力、体力はない。この詩からは、様々なことを同時にやり遂げることの難しさ、そして人生はもう終わっているというあきらめが感じられる。レーヴィは高校時代に陸上競技に、八〇〇メートル走に凝っていた時があった。走りながら相手を牽制するさまはその時の経験を書いているのかもしれない。レーヴィは化学技師として働きながら、小説、評論、詩を書き、講演活動もしていた。この詩で彼は自分の経歴を十種競技者になぞらえている可能性もある。

「**ほこり**」は脳細胞に積もる微細な物質のことを歌っている。それは神経組織を麻痺させ、眠らせる。そして害毒の芽を孕んでいる。だが別の種子も内包している。それは「新しくて、美しくて、奇妙な世界」を作る可能性がある。この詩にはペシミズムが感じられるが、楽観主義的な面も見られる。

「**ある谷**」は象徴的な詩だ。山の中の閉ざされた谷が、ある種の理想郷として歌われている。アルピニストであったレーヴィはこうした谷を実際に知っていたのかもしれない。上の方に七つの湖がある、谷の入り口近くに、いつも緑の葉をつけた、名もない木が一本ある、といった描写は、ある種の理想郷的な表現だろう。名もない木とは生命の木であり、永遠の象徴だ。ここには人生の最後に希望を見ているレーヴィがいる。

「**備忘録**」は終末に向かう世界を描いていて、不吉な雰囲気を漂わせている。ここで描かれている人物や事柄は破壊や破滅を感じさせ、世界がより悪くなるという予感を抱かされる。そしてそうならないように言葉を探している詩人も、適切な言葉が見つからない。希望が見いだせない世界を嘆く詩だ。

「**懸案の責務**」は人生の終わりを歌っている。詩人は肺がどのように呼吸をやめ、心臓がいかにして鼓動を止めるか、想像している。ここでは死の予感が前面に出ている。やり残したものや責務がないか自問しているが、それをどうにかしようとは思っておらず、主たる関心は肉体が生きるのを止めることにある。ここでは死への関心が大きく前に出ていて、生への強い執着は感じられない。

「**無益に死んだ死者たちの歌**」は世界を支配し、災悪と死をばらまくものへの警告である。食べ物があふれる暖かな城の外に死者の群れが待ち構えている。その死者たちは二〇世紀に起きた様々な事件の犠牲者で、「無益な死」を体験したものたちだ。彼らはもう自分たちの死が無駄になることを認めない。支配者たちに、同じような災悪が起きないように警告し、彼らを自分たちの死の世界に引きずり込むと脅す。レーヴィはアウシュヴィッツと同じような惨事が起きないように常に警戒してきたが、この詩では激しい言葉で支配者に警告を与えている。警告の手段は例によって、死者の群れが押し寄せ、悪夢を見させることだ。ただこの詩では言葉遣いがより激しく、いらだちが募っていると感じられる。

「**雪解け**」は春を待つ透明な心を歌っている。雪が解ければ、修道院の近くの道付近で、特別な草が見つかる。詩人がかかっていると思える憂鬱病に効く薬なのだ。そしてシダが繁殖の準備をする。有性生殖と無性生殖が交代する、特殊なやり方で増えるのだ。詩人はその増え方に興味を持ち、喜んでいる。そして雪に痛めつけられた体を休めたいと思っている。普通なら春を待ち望む心が歌われていると読めるのだが、詩人は一歩退いたところで世界を見ているように感じられる。雪が解ける頃には自分はいないというような心境がうかがえる。

「サムソン」は『聖書』に出てくるユダヤ人の英雄である。彼は生誕時に、預言により、頭にカミソリを当ててはならないと戒められていた。だがデリラの策略により、頭を剃られ、英雄としての力を失ってしまった。そしてこの詩では、髪の毛が元のように生えても、生きる意欲は戻らないのである。この詩は「デリラ」と対になっている。デリラは以前に出てきた「魔女」と同じような、男を破滅させる存在だ。男は英雄の力を奪われ、「闇とは戦うことができない」と悟らされた。この後は形だけの人生を生きるよう強いられるのだ。ここでは犠牲者となる男からの視点が示されている。ある種の女性に大事なものを奪われたという被害の感覚。これはレーヴィが終生持ち続けた強迫観念だと思う。

「デリラ」はサムソンを破滅させた女で、ロウを手の中でこねて男を破滅させた「魔女」のように、サムソンを手玉に取った。サムソンは「きゃしゃな手の中で」「壺造りの粘土のように軟らか」にされてしまった。そしてデリラは、「私の怒りと情欲が／鎖につながれた彼をまた見た時ほど／大きな安らぎに包まれたことはなかった」というほどに、男を破滅させることに快楽を覚えたのだ。最晩年の作品にも、こうした否定的な女性像が出てくるということは、この種の女性が作り出す問題をレーヴィが解決できなかったことを意味していると思える。

「空港」はニューヨークからミラーノのマルペンサ空港までの空の旅を歌っている。一九八四年にアメリカで翻訳、出版された『周期律』はベストセラーになり、レーヴィはアメリカで一躍注目を集めることになった。そして一九八五年四月にアメリカに招待され、各地で講演を行った。その時の旅の体験がこの詩になって結実した。空港で様々な人たちと飛行機を待つ体験、そして空を長時間飛ぶ体験、こうしたものがレーヴィの手で詩になると、かつての体験と重なってくる。それは彼の原点ともいうべきアウシュヴィッツ強制収容所の体験だ。理解できない様々な言葉を話す人たちと一緒になること、そしてアケロン川を渡って旅をすること、こうしたことは『これが人間か』ですでに書かれていた。この空の旅が平穏であったはずなのに、アウシュヴィッツのイメージが出てくるのは不思議だ。死を意識していたためなのだろうか。空の旅を「被昇天」と表現しているので、天国に上昇するイメージはあるのだろうが、地獄の沼であるステュクスの名があげられているので、異界的なイメージが出ていると思う。

「裁きの場で」は、アウシュヴィッツ強制収容所で刈り取られた人間の髪を原材料に、フェルト地を作っていたツィンク社の経営者、アレックス・ツィンクのことが詩に書かれている。彼は「勤勉で思いやりあふれる」人物だが、フェルトの原料が何であったかという事実には目を閉ざしていた。レーヴィはこうしたナチとの暗黙裡の共犯関係を断罪している。そしてツィンクも悪夢に苦しむのだ。それは「ただ時には夢の中で、／苦しむ幽霊がうめくのを聞きましたが」という言葉で表されている。ある意味では模範的な経営者が、一つのことに目をつぶっていたため、犯罪が長い間繰り返された。レーヴィはこうした状況を批判し、死者たちが生者に及ぼす戒めの力を信じようとしていた。

「泥棒」は時間を盗む泥棒を歌っている。泥棒は音もなくやって来て、痕跡を残さずに、巧みに時間を盗んでいく。レーヴィは自分に残された時が多くはないことを悟っていたのだろうか。だが時がなくなりつつあることを強く嘆いているわけでも、焦っているわけでもなく、どこか淡々としている。心は落ち着いていて、時がないことを静かに見つめているようである。

「友人たちに」は周りの人たちに別れを告げる詩だ。この詩が「ラ・スタンパ」紙に発表された時、家族や友人の間で騒ぎになったとのことだが、それも無理はないだろう。みなに別れを告げる詩としてしか読めないからだ。自分に残された時は少ないことを悟り、別れのあいさつとして書かれている。この時最後の作品となった『溺れるものと救われるもの』はほぼ完成していて、レーヴィは達成感を感じていたと思える。「きみたち全員に控えめのあいさつを送ろう／どうか秋が長くて穏やかであらんことを」という最後の二行は、レーヴィらしい言葉遣いで書かれていると思う。

「**代理委任**」は若い世代に送る言葉を作品にしている。この詩では自分たちの世代の犯した過ちへの反省が示されていない。レーヴィは自分たちを「不活発な」世代とは見ていない。月に着陸するなどの偉業を成し遂げたが、一方ではアウシュヴィッツ強制収容所を作り、広島を原爆で破壊したのだ。その過ちを見つめつつ、若い世代は別な形で歩んでほしいとレーヴィは願っている。「私たちを先生と呼んではいけない」という最後の行は、苦い読後感を残す。

「**八月**」は夏に町に取り残されたものの孤独を歌っている。イタリアでは、八月はほとんどの人がバカンスに出かけてしまうので、都会に残っているものは少なく、町は閑散としてしまう。レーヴィは寂しくなった、静かな町の情景を歌うが、そうした状況を嘆いているようには思えない。暑さにへきえきとしながらも、静かな町を楽しんでいるようだ。この頃、レーヴィ家では、彼の母親と妻の母親の二人を介護するという状況にあり、とてもバカンスに出られるような状況ではなかった。だがこの詩には切羽詰まった緊迫感はなく、町のけだるさを喜んでいるような状況が目に浮かんでしまう。

「**ハエ**」は動植物を歌った詩だが、この詩は不吉だ。清潔な病院にハエがいて、普通の食べ物からゴミにいたるまで、すべてをえさに生きている。ハエはどこにでも入り込み、死んでいくものに言葉を届ける。それは死の言葉だ。この詩でハエは死神のような役割を割り振られている。死の天使であり、腐肉を消化するウジを生む存在だ。ハエは「瀕死の人、危篤の人の／乾いた唇に最後のキスをする」。死の天使のキスだ。レーヴィはもはやこの黒い天使のキスを意識している。

「ヒトコブラクダ」も動植物をあつかった詩だが、これは「ハエ」のように不吉なものではない。ヒトコブラクダはいさかいや闘いを好まない温和な動物で、えさや水は少なくて済み、自立している。こうした動物を理想とすべき、とレーヴィは考えているようだ。ここには人間ではなく、動物に救いを見ているレーヴィがいる。ラクダは砂漠を自分の王国にしている。だがその「王国は荒涼たる悲嘆」で「それに果てはない」のだ。ここにレーヴィのペシミズムが見える。

「暦」はレーヴィの最後の詩だ。しかし彼のペシミズムはさらに募っているようだ。地球上にあって自然は、例えば川や海や氷河は、その法則に従って破壊をもたらす。だがそれは地球という環境に内在する要素だ。一方、人間はその法則を無視し、すさまじい勢いで環境を破壊する。それは止められず、急速に砂漠化が進む、アマゾンの奥地で、大都会で、そして人間の心の中でも。この詩は苦い認識を示している。そしてこうした破壊が止められないことへの、あきらめに似た気持ちが表明されている。

「マリオとヌートに」は友人であった作家のマリオ・リゴーニ・ステルンとヌート・レヴェッリに捧げられた詩だ。二人とも第二次世界大戦中、冬のロシアで戦った経験があり、戦争に疑問を持ってその後の作家活動を始めたので、「二人は遠い国の雪の中で／怒りを学ぶことになった」という詩句が書かれている。仲のいい友人にあてたオマージュである。

「翻訳詩集」はレーヴィが書評誌の「トゥットリブリ」に寄稿した翻訳詩を集めている。レーヴィのお気に入りだったユダヤ人詩人、ハインリヒ・ハイネ以外に、スコットランドのバラードやキプリングの詩が翻訳されているが、特に後者のバラードやキプリングの詩には、レーヴィの海や航海へのあこがれが感じられる。

これらの詩を日本語に翻訳するにあたっては、極力原文と日本語訳を参照するように努めた。だがレーヴィの翻訳は必ずしも原文に忠実ではなかったので、ここではレーヴィの翻訳した詩句を忠実に訳出することにした。したがってここに収録された詩は、原文とはかなり違ったものになっている。ただレーヴィがどのような詩に興味を持っていたか分かるので、レーヴィという詩人、作家を理解するうえでの参考になると思う。

プリーモ・レーヴィ(Primo Levi)
1919年イタリア，トリーノ生まれ．トリーノ大学で化学を修める．43年ドイツ軍のトリーノ占領を機にパルチザンに参加するが捕らえられ，44年アウシュヴィッツ強制収容所に送られる．45年に解放されソ連各地を転々とした後帰国．トリーノの化学工場に化学技師として勤めながら，強制収容所での体験を主題とした小説を発表し，作家としての地位を確立．その後も技師として働きながら次々に作品を発表した．87年に自死．
邦訳書に『これが人間か(アウシュヴィッツは終わらない)』(朝日選書)，『休戦』(岩波文庫)，『天使の蝶』(光文社古典新訳文庫)，『周期律――元素追想』(工作舎)，『リリス――アウシュヴィッツで見た幻想』(晃洋書房)，『溺れるものと救われるもの』(朝日選書)など．

竹山博英
1948年東京生まれ．東京外国語大学ロマンス系言語専攻科修了．立命館大学名誉教授．
著書に『ローマの泉の物語』(集英社新書)，『プリーモ・レーヴィ――アウシュヴィッツを考えぬいた作家』(言叢社)など．訳書にプリーモ・レーヴィの諸作品のほか，カルロ・ギンズブルグ『闇の歴史――サバトの解読』(せりか書房)，フェデリーコ・フェリーニ／リータ・チリオ『映画監督という仕事』(筑摩書房)，カルロ・レーヴィ『キリストはエボリで止まった』(岩波文庫)など．

プリーモ・レーヴィ全詩集――予期せぬ時に
プリーモ・レーヴィ

2019年7月23日　第1刷発行

訳　者　竹山博英《たけやまひろひで》

発行者　岡本　厚

発行所　株式会社　岩波書店
〒101-8002 東京都千代田区一ツ橋2-5-5
電話案内 03-5210-4000
https://www.iwanami.co.jp/

印刷・精興社　製本・松岳社

ISBN 978-4-00-061353-8　　Printed in Japan